異世界でのおれへの評価がおかしいんだが

～極上の恋を知りました～

≪ガゼル≫
黒翼騎士団の団長。
カリスマ性のある
ワイルドなイケメン。
溢れる包容力で
タクミを愛でる。
≪タクミ≫
RPGゲーム
『チェンジ・ザ・ワールド』の
世界に転移してしまった主人公。
黒翼騎士団の一員として活躍している。
ガゼルとフェリクスとの
恋愛関係にお悩み中。
≪フェリクス≫
黒翼騎士団の副団長。
冷静沈着な美麗の貴公子。
タクミを愛でるあまり、
しばしば我を忘れる。

《イーリス》
黒翼騎士団の軍師。
心は乙女で、
ナイフの腕前は一流。
《オルトラン》
黄翼騎士団の若き団長。
鳥系の獣人で無骨。
《魔王》
魔物を使役する魔族の王。
ゲームシナリオでは世界を滅ぼす
元凶だったはずだが……？
《レイ》
白翼騎士団の団員。
タクミの天然無双に
ドキドキさせられている。
《リオン》
白翼騎士団の孤高の団長。
クールかつ無愛想だが
タクミにはとことん甘い。

SIDE　白翼騎士団団員レイ

「——ぐっ、くぅっ……！」

「レイ、囲まれないように気を付けろ！」

「分かってます、って！」

右手から迫りくる白茶けた毛色のグレートウルフに剣を振るう。

鋭い剣先で鼻先を切り裂かれたグレートウルフが「ＧＡＡＧＧＡＡ！」と悲鳴をあげたが、致命傷ではない。

致命傷ではないどころか、赤黒い血をだらだらと流しながら憎しみと殺意をたたえた目でオレを睨みつけ、突進をしてくる。

迫りくるグレートウルフの牙をすんでのところで身をひねって避けつつ、悪態をつきたい気持ちをぐっと堪えた。

——オレの所属する白翼《はくよく》騎士団と、黒翼《こくよく》、黄翼《おうよく》騎士団の三騎士団が合同でメヌエヌ市の救援に行った日から、三週間が経過した。

あの日から、国内におけるモンスターの襲撃率はどんどんと増すばかりだ。

今日、白翼騎士団には、王都の東門から続く街道に出たモンスターの討伐指令が下っていた。

今までならば、このような人の多い街道付近にモンスターが出るなんて考えられなかった。それが今では、ヤツらはだんだんと人の前に姿を見せるようになったのだ。

「GAGUGUGU……！」

街道に出たモンスターは、グレートウルフが十体。それに対峙する白翼騎士団は、オレを含めて二十人。

これもまたおかしな話だった。本来ならばグレートウルフとは、その大きな体躯とは裏腹に臆病なモンスターで、相手の群れの数が自分たちより多ければ、あっという間に逃げ出してしまう。

……モンスターの大群がメヌエヌ市を襲撃したあの日から、なにかがおかしくなっていた。

「くそっ……邪魔だっ！」

再び剣を振るえば、グレートウルフがひらりと左側に身をかわした。

だが、そこがオレの狙いだ。オレは腰のポーチにつけていたエリクサーの小瓶をグレートウルフに向かって投げつける。小瓶はグレートウルフの顔にぶつかって割れると、中に入っていた液体がその顔に降りかかる。

「GYAAGGAAA!?」

「これで――トドメだ！」

すかさず、身体を硬直させて金切り声をあげるグレートウルフの顔に突きを放つ！

大きく開いた口の、その真っ赤な口内に入り込んだ剣先は、そのままグレートウルフの頭蓋《ずがい》を串刺しにした。

脳天を貫かれたグレートウルフがびくんびくんと身体を跳ねさせたところで、オレは腕を引いて剣を抜こうとする。

「ちっ、抜けねー……すみません先輩、ちょっと手伝ってくれませんか？」

「うん？　ああ、分かった。少し待て、ポーションを飲む。レイも一応飲んでおいたほうがいいぞ、グレートウルフは片づけ終わったみたいだが……万が一という可能性もあるからな」

「分かりました」

手伝ってくれるように頼んだ先輩は、ちょうどポーションの瓶を開けたところだった。

オレも先輩にならってポーションの瓶を手に取る。

――黒翼騎士団の発明した画期的な霊薬、ポーションとエリクサー。

ポーションは飲んだ者の体力を回復させ、傷を癒《いや》す力がある。

そしてエリクサーはさらに高い性能を持ち、体力や傷だけでなく魔力をも改善・回復させる。また、先ほどのようにモンスターに向かって振りかければ、麻痺《まひ》や毒などの状態異常を発生させることができる優れものだ。

……この二種類の霊薬のおかげで、今のリッツハイム魔導王国があるといってもいいだろう。

この霊薬がなければ、数の増してきたモンスターの襲撃に騎士団が渡り合うことは難しかったはずだ。いや、そもそも、先日のメヌエヌ市襲撃事件が勝利で終わることができたのも、このポーションとエリクサーがあってこそ。

「……………」

けれど、そこまで考えて、ふと嫌な考えが頭をよぎる。

もしも――ポーションの生産が追いつかないほどモンスターに襲撃されるような事態が生じたら、どうなるのだろうか。

それに、王都や都市は高い城壁で守られているが、そのような者がない農村がひとたびモンスターの群れの襲撃を受ければ、ひとたまりもないだろう。

必然的に、数多くの死傷者が出る。住む場所を失った者がいっせいに王都に避難してくれば、街は家も金もない失業者で溢れかえる。それに……

「――っ、レイ！　逃げろ！」

先輩の切迫《せっぱく》した声にハッと顔を上げる。

見ると、先ほど先輩が倒したはずのグレートウルフが立ち上がっていた。

そして、先輩が慌てて振るった剣をひらりとかわし、真っ直ぐにオレに向かってくる！

「っ、しまった、武器が……！」

反射的に腰に手をやったところで、自分の剣がグレートウルフの頭蓋《ずがい》に突き刺さったままだったのを思い出した。

しかも、頼みの綱のエリクサーも先ほど使ったもので最後だ。

慌ててその歯牙から逃げようとするも、足がもつれて地面に転んでしまった。その隙を逃さず、グレートウルフがぐわっと口を開けて突進してくる。

先輩がこちらに駆け付けようとするが、間に合わない――――！

「――ＧＡ、ＧＵ……？」

しかし、真っ赤な口を開けたグレートウルフが、オレの首筋に食らいつく直前。

まるで――流星のように銀色に光るなにかが、オレの目の前を通り過ぎていった。流星のきらめきに横断されたグレートウルフは、口を大きく開いた体勢のまま、カッと目を見開く。

それから遅れて一秒後、グレートウルフがどさりと地面に崩れ落ちた。

どくどくと赤黒い血が地面に溢れ出す。見れば、銀色に光り輝く刀がグレートウルフの首を見事に貫いていた。

「――大丈夫だったか？」

そして、この緊迫した戦いの場には似合わないほど、落ち着きはらった声が響いた。

そこでようやく、誰かが剣を投げてグレートウルフを仕留め、オレを助けてくれたのだということに気が付いた。

のろのろと声のほうに目をやる。

そして、オレは息を呑んだ。

黒檀《こくたん》のように真っ黒な髪と瞳と、珍しい象牙《ぞうげ》色の肌。

太陽を背にして黒馬に跨《また》がったままオレを見下ろす青年は、まるで一枚の絵画のように美しい。

彼の乗っている黒馬も見事なもので、どっしりとした非凡な身体つきと鋭い眼差しからは異様な迫力すら感じる。

青年はひらりと優雅な仕草で馬上から飛び降りると、オレに向かって手を差し出してきた。

オレと同じ年頃のはずなのに、シャツの襟から覗く首筋や腕は細く、きめ細かい。見ていると無性にドキドキしてしまう。

おずおずと手を掴むと、青年はオレの身体を支えて立ち上がらせてくれた。

……オレは、この黒髪黒目の青年を知っていた。

なにせ、あの時もこうして、彼は震えるオレの手を握ってくれたのだ。

「――君が無事でよかった」

――黒翼騎士団に所属する団員、タクミ。

彼はそう言って、今しがたグレートウルフを一撃で仕留めた男とは思えないほど、初々《ういうい》しくはにかんだ。

◆

いやー、今日はいい天気だなぁ！

まさにピクニック日和《びより》だ。

澄み渡る蒼穹《そうきゅう》には雲一つなく、思わず鼻歌を歌いそうになるほど心地いい陽気だ。

それに、馬上からの景色というのがまたいいのだ。

馬に乗っているおかげで、広々した新緑の野原やたわわに実を付けた果樹林を悠々と見渡すことができる。

「――タクミも、随分《ずいぶん》と様になったなァ。出会ったばかりの頃、フェリクスが一緒に乗っけてやってたのが懐かしいぜ」

馬を停めて景色を眺めていると、背後からそんな風に声をかけられた。

からかい混じりの台詞《せりふ》に、馬首をめぐらせて振り返る。

「おれなんか、ガゼルやフェリクスに比べればまだまだだ。様になっているように見えるなら、馬がいいんだ」

「それが分かってるならたいしたもんだ。馬っていうのは俺らが一人で乗るもんじゃねェ。こいつらは、俺たちの相棒だからな。お互いがお互いを尊重し合わなけりゃやっていけねェもんさ」

白い歯を見せてにっかりとおれに笑いかけた男は、ガゼル・リスティーニ。

ワインレッドの髪に金色の瞳を持った長身の美丈夫だ。彫りの深い精悍《せいかん》な顔立ちと、逞《たくま》しい肢体は雄々しく、服の上からでも、その身体が隅々まで鍛え上げられていることが分かる。

そんな彼はこのリッツハイム魔導王国に存在する八つの騎士団の内、黒翼騎士団の団長だ。

おれは黒翼騎士団の平団員なので、彼はおれの上司にあたる。しかも、この国で身寄りのないおれの身元引受人になってくれた人でもある。

正直、まったく頭が上がらないぜ！

今日はおれたち――今ここにはいないが、副団長であるフェリクスの三人組で、リッツハイム魔導王国の東門を抜けた先にある街道沿いまでピクニックに来たのである。

雲一つない青空の下、なだらかな緑の丘にはぽつぽつと葉を茂らせた木々が生えている。とてものどかだ。

ちなみにフェリクスは、十分ほど前に、昼食を取るにふさわしい場所を探しに行った。

……でもフェリクス、ちょっと遅いなぁ。数分で戻るって言ってたのに……おれもついていったほうがよかったかなぁ？　いや、でもフェリクスの馬術についていける気は全然しないしな……

「でも、タクミの乗ってる馬は、実のところすげぇ気難しい奴なんだぜ？　今までに何人もの団員を振り落としやがったんだが、タクミの言うことだけは素直に聞きやがる」

「そうか？　いつも、大人しく言うことをきいてくれて、扱いやすい馬だと思っていたが」

「もしかすると、こいつも〝黒〟だからな。タクミに親近感を覚えてるのかもな」

ガゼルの言う通り、この筋骨隆々の見事な馬は、頭から尾の先まで真っ黒な毛並みを持った『黒馬』だった。

ガゼルの言葉は、おれの黒髪黒目にかけたものだろう。

このリッツハイム魔導王国には、黒髪黒目の人間はいない。

他の国はどうだか知らないが、国内にそういった容貌を持つのはおれしかいないそうだ。

なので、おれはこの国でとても珍しい存在のはずなのだが……今日まで女の子から「キャー、黒髪黒目なんて珍しくてカッコいいですね！　サインしてください！」とか言われたことはついぞない。

まぁ、珍しいってだけで、黒髪黒目がカッコいいって思われてるわけじゃないってことだね……

悲しいものだ。

さて。リッツハイム魔導王国に黒髪黒目の人間がいないのなら、何故おれがこの国に存在しているのかというと——この国の人間ではないからだ。

というか、この世界の人間でもない。

おれはもともと、ここことは別の世界——日本に住むしがない学生だった。

それがある日、なんの因果が元の世界でプレイしていたＲＰＧ『チェンジ・ザ・ワールド』の世界に来てしまったのだ。

初めこそ、「どうしてこんな死亡フラグ乱立の世界に⁉　しかもこれからモンスターの襲撃とか、魔王との対決とかがある、最悪な時代じゃん⁉」と絶望感を覚えたものの、今ではなんとかうまくやっている。

……うん。いろいろあったけれど、うまくやっている。

本当にいろいろあったなぁ……

海賊やらモンスターやらと戦ったり、かと思えば、その時の戦いがきっかけで、今ここにいるガゼルから黒翼騎士団に勧誘してもらって、そんでもって騎士団の皆と一緒にポーションを開発したり。

そして、騎士団つながりで、黄翼騎士団や白翼騎士団の方々とも知り合って——黒翼騎士団を加えた三騎士団で、メヌエヌ市に押し寄せたモンスターの群れを撃退したのだ。

あの戦いから三週間も経ったなんて、信じられないなぁ。

でも、あの戦いでおれの大事な人たちが誰も死ななくてよかったよ！

元の世界でプレイしていた『チェンジ・ザ・ワールド』のシナリオでは、本来ならばあのメヌエヌ市の戦いで黒翼騎士団は壊滅状態に陥《おちい》ってしまうのだ。

けれど、おれたちはあの戦いを乗り越えることができた。

いまだに数多くの問題はあるけれど、でも——今までだってギリギリの土壇場で、皆の助けを借りてやってこられたのだ。

だからこれからも、皆の助けがあれば乗り越えられない問題はないはずだ。

……おれが足を引っ張りさえしなければな！

「——ガゼル団長、タクミ！」

おれがこの世界での出来事を思い返して感慨にふけっていると、背後から馬の蹄《ひづめ》の音が響いてきた。

おれたちの名前を呼んだ青年は、フェリクス・フォンツ・アルファレッタ。

さらさらの金髪に紫水晶の瞳を持つ彼が、白馬の手綱《たづな》を持って優雅に野原を駆けてくる様は、まるでおとぎ話の白馬の王子様そのものだ。

あまりにも優雅で、正直、さっきガゼルに褒められて調子に乗っていた自分が恥ずかしくなる。

ちなみにフェリクスは、伯爵家の三男であり、おれの所属する黒翼騎士団の副団長を務めている。

イケメンの上にエリート街道邁進《まいしん》中で家柄もバッチリとか、男として勝負する気も起こらないぜ！

しかもフェリクス、めちゃくちゃ好青年なんだよ……

……今更だけど、この二人、本当にスペックが高いなぁ。

天は二物どころか、ラッピング包装とのし紙をつけた上で五物くらい与えてる二人だもん。

……なんでこんなパーフェクト超人のお二人が、おれなんかに愛を告白してくれたのか、いまだに不思議である。

「どうした、フェリクス？」

「ガゼル団長、それが……今、私のもとに騎士団から急ぎの連絡が届いたのですが。なんでもこの東門の街道沿いでグレートウルフの群れが出現したそうです」

「……最近、やけに人里に下りてくるモンスターが増えたな」

フェリクスの知らせに、ガゼルが眉を顰《ひそ》めて難しい顔をする。

「白翼騎士団の部隊が討伐に向かったそうなので、問題ないと思いますが……いかがいたしましょう？」

「せっかくの行楽日和《びより》だっていうのに、ツイてねェな。まぁ、なにかあってからじゃ遅いしな。どっか場所を変えるか」

仕方ないというように、ガゼルが肩を竦める。

おれも残念ではあるが、グレートウルフの群れにうっかり遭遇するのはごめんだ。ここは街道から離れた場所だが、それでも危険がないとは限らない。

おれもガゼルもフェリクスも、念のために帯剣はしているが、せっかくの休養日にまでモンスターと戦いたいとは思わない。なにより、ガゼルとフェリクスの二人は実力派の騎士だからいいだろうが、おれは『この刀』のスキルに頼らないとろくに戦えないのだ。

ふと、そんなことを考えていると、おれの乗っている馬が「ヒヒン」と小さな声をあげた。

なにかを訴えかけるような声に、おれは馬をなだめるため優しく首筋を撫でてやる。

すると、馬が黒々と濡れた瞳をこちらに向けた。

「話を聞いていたのか？」

試しにそう尋ねてみると、馬は「ヒヒン！」ともう一度声をあげた。

偶然だろうが、本当に馬と会話しているみたいでなんだか嬉しくなる。おれはもう一度馬を撫でつつ、そっと囁《ささや》いた。

「お前も残念か？　おれも残念だよ。グレートウルフが早く討伐されてしまえばいいんだがな」

「ヒヒン！」

「――――えっ」

馬が一際大きな声でいないた後――地面を蹴り、ものすごいスピードで走り出した。

突然のことに慌てて手綱《たづな》を掴み、振り落とされないように耐えることしかできない。背後でガゼルとフェリクスが、「タクミ⁉」「タクミ、いったいなにを……⁉」と驚いているが、返事すらかなわない。

や、やっぱりおれには馬での移動はまだ早かったのか⁉

ガゼルに褒められていい気になって、ドヤ顔していたツケがこれだというのか⁉

そ、そうだよね……おれ、馬に乗ったのこの世界に来てから初めてだもん……！

必死で馬を止めようとするも、まったく彼は言うことを聞いてくれない。

ほどなくして、前方に人影らしきものが見えてきた。

しかも、なんだか見覚えのある人たちのような……って、ああ⁉　う、馬が通りすがりになんだか犬っぽいモノを踏みつけにしたんだけど！

骨の折れる嫌な感触が、振動でおれにも伝わってきましたよ⁉

犬の傍にいた人は、呆気にとられた顔でおれを見つめている。

だが、そんな彼に詫《わ》びる暇もなく、馬は暴走機関車のごとく驀進《ばくしん》した。

さっきからこの馬、なにをそんなに必死に走って――って、あれは！

馬が一直線に向かう先を見れば、オレンジ色の髪の青年と――その彼に向かって牙をむき出しにする狼型のモンスターがいた。

白茶けた毛色の狼型のモンスターは子牛ほどの大きさがあり、敵意を宿した目を爛々《らんらん》と光らせて、青年に噛みつこうとしている。

あ、あのモンスターは見覚えがあるぞ……！

『チェンジ・ザ・ワールド』でよく出てきたモンスター、グレートウルフだ！

うわっ、目の前にするとあんなに恐ろしいモンスターなのか……！

『チェンジ・ザ・ワールド』では経験値稼ぎのために何十、何百体も狩ったものだが、実物にはとてもそんな気になれない。

「あっ……！」

そうこうしている内に、オレンジ色の髪の青年が地面に転んでしまった。その隙を見逃さず、グレートウルフが青年に一直線に襲いかかる！

「くそっ、仕方がない！」

おれは腰に携えていた刀を、思いっきり青年に向かってブン投げた。

見たところ、青年は武器などは持っていない。ここからでは助けは間に合わないが、せめて武器さえあればわずかなりとも抵抗できるはず――それで少しでも時間を稼いでくれれば、馬がたどり着くのに間に合うぞ！

そう思って投げた日本刀は、ブーメランのように風切り音を立てて青年へ向かって飛んでいく。

そして――

「――あっ」

ブン投げた刀は、おれの投げ方が悪かったようで、途中で鞘《さや》からすっぽーんと抜け出てしまった。その勢いのまま、鋭い切っ先が青年に噛みつこうとしていたグレートウルフの首にドスッと突き刺さった。

……ノ、ノーコンにもほどがあるだろ、自分！

幸い、先ほどの一撃でグレートウルフは倒せたようだ。

馬を走らせて青年のもとにたどり着く。落っこちないようにゆーっくりと馬から降りた後、おそるおそる青年に問いかけた。

「…………大丈夫だったか？」

青年は呆然として、目の前に転がるグレートウルフの死体を見つめていたが、おれが声をかけるとのろのろと顔を上げた。

も、もしかして「お前、どこ放り投げてるんだよ……オレに当たるところだったじゃねーか」って思ってる？

ご、ごめん！

でも、君を助けるには武器を投げ渡すくらいしか思いつけなくて……！

おれはお詫《わ》びの気持ちを込めて、そっと彼に手を差し出す。

振り払われたらどうしようかとドキドキしたが、彼はおれの手を握ってくれた。ホッとしつつ、彼の身体を引っ張るようにして立ち上がるのを手伝う。

「君が無事でよかった」

「あ、ああ……」

そこで、おれはふと、彼の服装と顔立ちに見覚えがあることに気が付いた。

白を基調とした軍服に、白い翼の意匠《いしょう》がほどこされた胸当てをつけた恰好は、白翼騎士団のものだ。

それに、彼のオレンジがかった茶髪に明るい緑の目。三白眼に近いようなちょっと目つきの悪い顔立ちは、なんとなく、人になつかない野良猫を連想させる。

彼は確か——三週間前のメヌエヌ市の救援任務で、一緒に戦った白翼騎士団の人だ！

おおっ、まさかこんなところで会うとは！

あの時は少ししか会話ができなかったし、名前もろくに聞けなかったから、どうしてるかなと思ってたけど捜せなかったんだよなー。

いやぁ、元気にしてるみたいでよかった！

……って、待って。白翼騎士団の団員？

あ、あれ。そういやさっき、フェリクスが『この東門の街道沿いでグレートウルフの群れが出現したそうです』って言ってたね？

……もしかして、ここがそう!?

し、しまった。てっきり、モンスターが一般人を襲ってるのかと思って慌てちゃったよ。でも、戦っていたのが白翼騎士団の人なら話は違う。

もしかしてさっき、グレートウルフに襲われる寸前に見えたのは、作戦の一環だったりしたんじゃ!?　敵の油断を誘う的な！

「……悪い、余計な手助けだったか？」

「い――いや、助かったよ、ありがとう。……アンタのおかげで、最後の一匹も片づいたみたいだし、オレも命を救われた」

青年はそう言いながら、頬をほんのりと赤くしつつ、顔を逸らしてしまう。

あっ、これ、ダメなやつだ。めちゃくちゃ気を使われてるヤツじゃん。
マ、マジでごめん……余計な手を出した挙句、ノーコンっぷりを見せつけるとか本当にないよね……

「あのさ——オレの名前、レイっていうんだ」

「レイか」

落ち込んでいるおれを見かねてか、オレンジ頭の青年が自己紹介をしてくれた。

おれも自己紹介をしようと思ったが、その前にレイが言葉を続ける。

「アンタはタクミだろ？　メヌエヌ市の防衛戦の時に、オレ、アンタと話したことあるんだけど……覚えてるか？」

「ああ、もちろん覚えてるさ。レイが覚えていてくれて嬉しいよ」

なんと、レイはあの時少し話をしただけのおれのことを覚えていてくれた！

わー、嬉しいな。おれが覚えていても、彼が覚えているとは限らないだろうと思っていたのに……

めちゃくちゃいい人じゃん、この人！

それなのに、マジでごめんな、余計なことしちゃって……！

「名前が聞けてよかった。メヌエヌ市では聞けなかったから」

「そうだったか？　わ、悪い……」

「また話をしたいと思っていた。まさか、こんなところで会うなんてな」

そんな会話をしながら、おれは、レイの頬に血飛沫《ちしぶき》がついているのが気になった。

先ほど、グレートウルフに刀が突き刺さった際に飛び散った血がかかったのだろう。

本当に申し訳ない。おれが下手な投擲《とうてき》をしなければ、血で汚れることもなかったろうに……

おれはズボンのポケットからハンカチを出すと、血で汚れたレイの顔を優しく拭った。

「もう一度会うことができて嬉しいよ、レイ」

そう言って笑いかけると、レイは何故か顔をこれでもかというぐらいに真っ赤にして、石像のごとく固まってしまう。

だが、嫌がられている様子はなさそうだったので、そのまま彼の頬を拭ってやる。

レイの顔についた血をあらかた拭き終えた頃、聞き慣れた声がおれの名前を呼んだ。

「――タクミ⁉　君が何故ここに……⁉」

おれの顔を見て驚いたように目を見開いているのは、リオン・ドゥ・ドルム――この国に存在する八つの騎士団の内、白翼騎士団の団長だ。

リオンは長い白銀の髪と色素の薄いアイスブルーの瞳を持った、怜悧《れいり》な顔立ちの美青年だ。レイよりも意匠《いしょう》を凝《こ》らした、白を基調とした騎士団服と胸当てを身に着けている。

白銀の髪と氷色の瞳を持つ彼が白い団服を身に纏《まと》う姿は、戦場にあってもあまりに美麗で、まるで氷でできた彫刻のような印象すら受ける。

まっ、でもイケメン度ならうちのガゼルとフェリクスだって負けてないぜ！

……おれは勝負以前に、同じ土俵に上がることすらできないけどな！

「タクミ……どうして君がここに？」

馬を降りたリオンが、グレートウルフの死体を目にし、困惑した様子でおれたちに近づいてきた。

そりゃそうだ。自分たちの作戦の場に、勝手に部外者、しかもよその騎士団のヒラ団員が入り込んでいたら、誰だっていい気はしないだろう。

「すまないな、リオン。そちらの作戦の邪魔をした」

「いや……どうもうちの団員の危機を救ってもらったようだ。礼を言うのはこちらのほうだろう」

苦笑いを浮かべてそんなことを言ってくれるリオンだが、ますます申し訳ない気持ちが強くなる。

やっぱりおれ、完全に作戦の邪魔をしたっぽいじゃん……

思わずおれをここに連れてきた犯人——いや、犯馬にジト目を送る。

だが、おれの乗ってきた黒馬は反省するどころか「ほら、褒めてくれてもいいんだよ！」と言わんばかりのキラキラとした瞳で見つめ返してきた。

うっ……悪気がない分、逆に怒りにくい……！

「……重ね重ねすまなかったな、リオン、レイ。白翼騎士団の戦いを邪魔するつもりではなかったんだが……偶然に通りかかったので、つい手を出してしまった」

「い、いや、オレは本当に別に……」

「あまり謝らないでくれ、タクミ。それ以上言われると、彼の立つ瀬がなくなってしまうからね。それよりも——」

そう言って、リオンはちらりと目線をおれたちから外した。

その視線の先には、首に日本刀が突き刺さった状態で地面に横たわったグレートウルフの死体がある。

グレートウルフの死体を一瞥《いちべつ》したリオンは再びこちらに向き直り、そのアイスブルーの瞳に切なげな光をたたえておれを見つめた。

「あのメヌエヌ市での戦いで、私も君の腕前は知っている。だから君にとってはグレートウルフなど敵ではないのだろうが……あまり無茶をしないでくれたまえ」

………ん？

今、「グレートウルフなど敵ではない」って言われたような気がするんだけど、おれの聞き間違いか？

聞き間違いじゃないとしたら、リオンさん、マジでなにを言ってるんです？

「リオン……誤解があるようだが、今回、おれはほとんどなにもしていない。あのグレートウルフは、レイたちとの戦いでもともと弱っていたんだろう。そこにおれがとどめを刺しただけだ」

「ふふ、相変わらず君は謙虚だな」

おれの説明に、苦笑いを零すリオン。

いやいや、謙虚とかじゃなくて、ただの純然たる事実なんですけど!?

……ハッ！　そ、そうか、分かったぞ。

リオンは見かけこそ繊細な美を兼ね備えた、見目麗しい人物だが、彼は白翼騎士団の団長だ。

そんな彼にとっては、グレートウルフの一体や十体の討伐など、お茶の子さいさいの朝飯前なのだろう。その基準をこのおれにも当てはめているから、おれがあっさり倒したという誤解が発生したんじゃないか？

それに——もしかするとおれが黒翼騎士団の団員だということも、それに拍車をかけているのかもしれない。

というのも、リッツハイム魔導王国には八つの騎士団——金翼《きんよく》騎士団、銀翼《ぎんよく》騎士団、白翼騎士団、黒翼騎士団、赤翼《せきよく》騎士団、青翼《せいよく》騎士団、緑翼《りょくよく》騎士団、黄翼騎士団が存在する。

そして、その騎士団には各々の特色がある。

たとえば、リオン率《ひき》いる白翼騎士団は貴族の子息たちを中心にした騎士団だ。そのため一時期は『お飾り騎士団』なんて揶揄《やゆ》をされたりもしていた。しかし、三週間前のメヌエヌ市の防衛戦を経て、彼らは随分《ずいぶん》と変わったし、今ではそんな陰口を言う人も少なくなったようだ。

ちなみに他の騎士団は、赤翼騎士団は女性の騎士を中心にした騎士団、緑翼騎士団は平民出身者を中心にした騎士団、黄翼騎士団は獣人や異種族を中心にした騎士団、青翼騎士団は海戦メインの騎士団といった具合だ。

そして、おれの所属する黒翼騎士団は、他の騎士団とは異なり、どんな種族・身分であっても平等に入団できる。その際、重視されるのは本人の実力のみという、他とはちょっと一風変わった騎士団なのである。

つまり——黒翼騎士団に入団しているイコール、この国の人々には「あの実力重視の黒翼騎士団に入団を認められるのだから、かなりの腕前なんだね！」と思われること必至なわけで。

そのため、いくらヒラ団員といえど、リオンからしたら「黒翼騎士団に入団している」という事実それのみで、おれもそこそこの実力者と思われている可能性が高い。

……本当に、おれってよく黒翼騎士団に入団できたよなぁ……

「――おや、これは……リオン団長？」

「タクミ、無事か？」

あっちゃーと思っていると、また新たな声がかけられた。

言わずもがな、ガゼルとフェリクスの二人である。二人共おれを追いかけてきてくれたようだ。

「ガゼル、フェリクス。すまなかった、勝手に馬が走り出してな」

「いえ、貴方が無事でなによりです。……それはともかく、あのグレートウルフにタクミの刀が突き刺さっているように見えるのですが」

「ああ、おれが放り投げた。少し、狙いが逸れてしまったがな」

「…………」

おれの答えに対し、眉を顰《ひそ》めて何事かを言いたげな、苦い顔になるフェリクス。

えっ、なんで？

「タクミ……お前また一人で無茶な戦い方をしたんじゃねェだろうな？」

「無茶な戦い方なんか、おれは一度もしたことはないぞ。今回だって、最後のとどめを刺しただけだ」

「……お前なぁ……」

おれの言葉に、何故かガゼルは「またこいつは……」と言わんばかりの呆れた表情になった。

えっ、どうして？

……もしかして、ガゼルやフェリクスはおれが「とどめを刺しただけ」というのが気に入らなかったんだろうか？

二人共、まさか「黒翼騎士団の団員たるもの、刀を投げてとどめを刺すだけなんて生ぬるいぜ！　もっと自分から切り込んでいかないとな！」って思ってる？

うーん、さすがは黒翼騎士団の団長・副団長を務めるだけはある。なんというバトルジャンキー脳。二人がこんな考え方なら、そりゃリオンに誤解だってされるよな……

でも、だからっておれまで皆と同じバトルマニアだと思わないでほしい。

おれは、これでも精いっぱい頑張ったほうですよ！

◆

――さて、その後。レイを含む白翼騎士団の団員さん方は、モンスターの素材回収や死骸の片づけを始めた。

リオンはフェリクスに話があるみたいで、少し離れた場所で真剣な様子で顔を突き合わせている。

二人の邪魔をするのがはばかられたおれは、レイと一緒にモンスターの死骸の片づけを手伝うことにした。

グレートウルフの首に刺さったおれの刀、ちゃんと持って帰らないといけないしね！

ちなみにガゼルもおれと一緒だ。リオンとフェリクスと一緒に話をしに行かなくていいのかと聞いたら、ガゼルは肩を竦めて「リオンは俺がいないほうが話しやすいだろう、フェリクスに任せるさ」とのことだった。

んー？　リオンはフェリクスだけと話したいってことか……？

フェリクスがリオンと同じ貴族の子息だからだろうか。

まぁ、貴族の子息同士とはいえ、リオンは白翼騎士団の団長、フェリクスは黒翼騎士団の副団長と、二人の選んだ道は似ているようでまったく違うのだけれど。

でも、リオンとフェリクスの仲がよいのはいいことだよな。

一時期、リオンとフェリクスの間にはいろいろとわだかまりがあったようだけれど、最近はそれらも随分《ずいぶん》と解消されたようだ。フェリクスの友人であり仲間であるおれとしても、それは喜ばしいことである。

………って、ちょっと待てよ？

リオンとフェリクスの仲がこじれた理由は——フェリクスが白翼騎士団の勧誘を蹴って、黒翼騎士団に入団してしまったからだ。

そんなフェリクスに対し、リオンが二人きりで話したいことって……？

ま、まさか……リオンはフェリクスを白翼騎士団に入団させるのを諦めていないんじゃないか!?

ど、どうしよう!?

もしもそうなら、こうしている間にもリオンが、

『今、白翼騎士団に入団してくれたら、トイレットペーパーと台所用洗剤を一年分つけてやるぞ、

フェリクス……』

『トイレットペーパーと台所用洗剤を一年分……⁉』

『ふっ、さらには今なら柔軟剤もつけようじゃないか！』

って、フェリクスに迫っているかもしれない！

「タクミ？　どうした、様子が変だぞ」

「ガゼル……」

グレートウルフの死骸の片づけが終わり、白翼騎士団の皆はぞろぞろと集まって、帰り支度を始めていた。

そんな彼らとは反対に、ガゼルが呆然と立ちすくむおれのところにやってくる。

「いや、問題ない。ただ少し考え事をしていた」

「ふぅん……それならいいけどよ。そういや、お前の刀はすげェな。馬上から剣擲《けんてき》して、刃こぼれ一つしてなかったんだって？」

「ああ、折れなくてよかった」

おれはこくりと頷く。

そう、おれの持つ日本刀――この刀はおれが馬上から放り投げても傷一つ、刃こぼれ一つしてなかった。

とはいえ、この刀はただの刀ではない。『チェンジ・ザ・ワールド』で『カースド・コレクション』と呼ばれていた、使用者に様々なメリットをもたらす代わりに、代償を与えるという武器の一つだ。

恐らくはそのために、通常の刀よりも耐久性が高いのだろう。

ちなみに、この刀のメリットは使用者の攻撃力や素早さを上げるというものだ。

対するデメリットは二つあり、一つは、戦闘時には敵の殲滅《せんめつ》か刀を手放すまで持ち主の意思で行動できなくなるというもの。二つ目は、戦闘終了後に、使用者を状態異常にするというものだ。

なお、今回おれは刀を放り投げただけであり、刀を使って戦闘を行ったわけではないからか、デメリットは発生していない。ラッキー！

「ガゼル、おれはそろそろフェリクスを呼びに行ってくる。話もいい加減に終わっただろう」

「了解だ、悪いが頼む。白翼騎士団の奴らも、声をかけあぐねてるみたいだしな。タクミが行ってやるのが一番いいだろ」

「そうだな。それじゃあ行ってくる」

「俺たちもせっかくの休暇だ、早く続きを楽しまねェとな」

案外、自分のコントロール力がそこまで悪くなかったことが分かり、おれは上機嫌でリオンとフェリクスのもとへと歩き出した。

緑の絨毯《じゅうたん》が広がる野原と、その上を吹き抜けていく冷たい風が心地いい。先ほどまで、ここで苛烈な戦闘が行われていたのが夢みたいだ。

爽やかな景色を目の前にして、鼻歌を歌いたい気持ちが込み上げる。しかし、皆に聞かれると恥ずかしいと思い直し、ぐっと堪えて静かに歩く。

そして、おれはリオンとフェリクスのもとにたどり着いた。

樹木の下で話をしている二人に近づくと、いまだに真剣な顔のままだ。

二人の名前を呼ぼうとしたところで、その時、ハッと思い出した。

そういえば……さっき、リオンがフェリクスを白翼騎士団に勧誘してたらどうしよう！　って考えてたんだった。

その後ガゼルに声をかけられて、思考が逸れてしまったけれど。

二人はいまだにおれに気が付いていないようで、深刻な面持ちで話し続けている。

ま——まさか、本当にリオンはフェリクスを白翼騎士団に勧誘してるんじゃ……!?

だ、だめだめー！！　頼むからよその騎士団なんか行かないでくれ、フェリクス！

トイレットペーパーと台所用洗剤なら、おれの給料からいくらでも出すから！

「——自分自身を顧《かえり》みない彼の戦い方は、確かに、私もなんとかしたいとは思っています」

「なら、どうにもできないのか？　彼を前線から外すという手は……」

「その命令に彼が大人しく従うとは思えませんね。見たでしょう？　……黒翼騎士団の任務ではなくとも、自分から誰かの窮地《きゅうち》に駆けつける人ですよ、彼は」

——だが、聞こえてきた会話は、予想をまったく裏切るものだった。

盗み聞きみたいな形になってしまい良くないと思いつつ、おれの足は地面に縫いつけられたように動かない。リオンは柳眉《りゅうび》を曇らせて続ける。

「だが、そうは言っても——」

「リオン殿。それは、白翼騎士団団長としてのお言葉ですか？　それとも、貴方個人の？」

珍しくも、フェリクスは硬質な態度でリオンをじっと見つめた。

そんなフェリクスの言葉に、リオンは恥じ入ったように俯《うつむ》く。が、すぐに彼は顔を上げて、フェリクスをはっきりと見つめ返した。

「……両方……いや、そう言えば嘘になるかもしれないな。貴殿の察している通りだ、フェリクス。私は、一人の男として彼に惚れている」

「っ……」

堂々と告げたリオンに、フェリクスが一瞬、気圧《けお》されたように息を詰まらせる。

な——なんですと⁉

ま、まさかの恋バナーーーー⁉

フェ、フェリクスの勧誘じゃなかったのは幸いだけど——いやよくない！

これ、なおさらおれが聞いちゃダメなやつだ⁉

「彼ほどの腕前であれば、並大抵の敵に後れをとることはないだろう。だが——万が一ということもある。そうなる前に、彼を止められるのはきっと貴殿なのだ。私ではなく、な」

「リオン殿……」

リオンの言葉に、フェリクスは纏《まと》っていた硬質な空気をふっとやわらげる。

そして、紫水晶色の瞳でじっとリオンを見つめた。

リオンはそんなフェリクスに対して無言のまま頷いてみせた。まるで、とても大事なものを託《たく》すような、決然とした表情だった。

話はそこで終わりだったらしい。リオンはくるりと後ろを向いて、白翼騎士団の団員たちのもとへ戻っていく。おれはリオンに見つからないように、慌てて木の幹の反対側を回って彼の死角に移動した。

そんなリオンの背中をフェリクスはじっと見つめているものの、追いかけるつもりも、これ以上話を続けるつもりもないようだ。

おれはそんなフェリクスを見つめながら、なんて声をかけたらいいかますます分からなくなってしまう。
ビ、ビックリしたぁ……
二人がどんな大事な話をしてるんだろうと思ったら、まさかの恋バナとは……

しかもしかも、リオンに好きな人がいるなんて……！

それに、今の話の内容だと、リオンが惚れてる人が、黒翼騎士団にいるってことだよな⁉

えっ、誰だろ～～⁉

並大抵の敵に後れをとることはない、なんて言ってたから、黒翼騎士団内でもめちゃくちゃ強い人だよね？

黒翼騎士団の強い人……しかも、話の内容からして前線の部隊にいる人っぽい。

前線で戦ってるならおれと同じ隊じゃん！

うーん……オーグさんとか、ヴァリアスさんとかかなぁ？

でも、彼らがリオンと会話してるところ見たことないなぁ。

あとの人は全員既婚者か、恋人がいるしなー。むむむ……

「おーい、タクミ、フェリクス！　なにかあったか？」

誰だ誰だと考え込むおれの耳に、ガゼルの声が聞こえてきた。

どうやらリオンが白翼騎士団のもとに戻ってきたのに、おれとフェリクスがなかなか戻ってこないのを不思議に思ったようだ。

おれはハッと顔を上げる――すると、驚いた顔でこちらを振り返るフェリクスと目が合った。

ガゼルに呼ばれたことで、フェリクスは死角にいたおれの存在に気付いたのだ。

とっさにおれは、フェリクスに片手を上げて笑いかける。「今ちょうどここに来ましたよー、なにも話は聞いてませんでしたよー」という露骨なアピールである。

……ちょ、ちょっと苦しいかな？

「タクミ、フェリクス。俺らも行こうぜ」

「ああ、そうだな。フェリクス、すまなかった。フェリクスたちを呼ぼうと思ったんだが、話が続いていたみたいだから、そこで待たせてもらったんだ」

「……いえ、お待たせして申し訳ありません」

浮かべていた動揺を一瞬で押し込めると、フェリクスは普段通りに微笑んだ。

うっ……ご、ごめんフェリクス！

てっきりおれは、フェリクスがリオンに勧誘でもされてるんじゃないかと思ったから、もしもそうならフェリクスを引き留めようと思ったんだ……！

まさかあんな話題だとは思わなかったんだよ！

しかし、まさかあのリオンが恋バナかぁ……

しかもお相手はうちの黒翼騎士団の人だなんて！

気になるなぁ……いったい誰なんだろう？

「どうした、タクミ？　なんか悩み事か？」

「いや、大丈夫だ。遅くなって悪かったな、ガゼル」

ガゼルの傍までたどり着くと、おれは彼を待たせてしまったことを詫《わ》びた。

その瞬間——不思議そうにこちらを見下ろすガゼルを目にした瞬間、おれの中で、すべての点と点が線で繋がった。

そ、そうか、分かったぞ！

リオンの好きな人————それは、ガゼルだ。

おれは先ほどの、リオンとフェリクスの会話を思い返す。

『なら、どうにもできないのか？　彼を前線から外すという手は……』

『その命令に彼が大人しく従うとは思えませんね。見たでしょう？　……黒翼騎士団の任務ではなくとも、自分から誰かの窮地《きゅうち》に駆けつける人ですよ、彼は』

ガゼルは騎士団長という重要な役職であるにもかかわらず、戦いの場ではいつも先陣を切る。

それに、ガゼルなら騎士団の任務ではなくとも、目の前で誰かが困っていたらすぐに助けに入るだろう。

『彼ほどの腕前であれば、並大抵の敵に後れをとることはないだろう。だが——万が一ということもある。そうなる前に、彼を止められるのはきっと貴殿なのだ。私ではなく、な』

『リオン殿……』

これもそうだ。

ガゼルほどの剣の腕前であれば、どんなモンスターも一撃瞬殺である。だが、やはり同じ団長職であるリオンにとっては、危険を顧《かえり》みず、いつでも前線で先陣を切るガゼルの戦い方にハラハラしてしまうのだろう。

そうは言っても、リオンはガゼルよりも年齢が下のようだし、他の騎士団の事情に苦言を呈することは難しいのかもしれない。

「フェリクスじゃないと止められない」っていうのは、フェリクスが黒翼騎士団の副団長だからだろう。

あの言葉は、「直属の部下であるフェリクスなら、ガゼルの戦い方に待ったをかけることもできるだろう」という意味だったのだ。

「おい、タクミ？　お前、どこか具合でも悪いのか？」

「な、なんでもない」

様子のおかしいおれを心配してか、ガゼルが心配げに顔を覗き込んでくる。

おれは首を横に振ってガゼルに答えた。

なんてこった……まさか、リオンがあんなにガゼルのことを好きだったなんて、今まで全然気が付かなかった……！

あの様子じゃ、リオンがガゼルにすぐ告白をすることはないだろうけど……も、もしもリオンが覚悟を決めて、ガゼルに思いの丈を伝える日が来てしまったら。

それでもって、もしも、ガゼルがリオンの告白を受けるなんてことになったら……！

……………おれはその時、どうすればいいんだろう？

◆

王都にある黒翼騎士団の宿舎に戻った頃には、すっかり日が暮れていた。夕陽を受けて、雲はすっかり薄紅色に染まっている。

敷地内は団員たちがせわしなく行きかい、誰かとすれ違うたびに声をかけられた。皆は、これから夜の街に向けて遊びに行くのだろう。訓練を終えた後でよくもそんな元気があるもんだと、モヤシのおれは毎回感心させられる。

そうして、おれはガゼルとフェリクスと別れた後、隊舎内にある自室に戻った。

荷物を片づけ、隊舎内にある共同浴場で湯浴《ゆあ》みをしてから、こざっぱりとした恰好に着替えて食堂に向かう。

隊舎の食堂で出される食事も、担当の騎士団員さんが作ってくれている。

平時には、栄養豊富で身体づくりに最適なメニューを。戦時には、持ち運びがしやすく手軽に補給ができる食事を作ってくれているのだ。

なお、今日のメニューはトマトとひき肉のラビオリが入ったスープ、薄切りの揚げジャガイモと鶏肉とホウレン草のクリームソース、サラダといくつかの副菜に、白パンだった。美味しかったです！

ちなみに、騎士団ごとに食事の内容もがらりと変わるらしい。

聞くところによると、たとえば白翼騎士団だと、料理人を団員として雇っており、夕食には全員席に着いてフルコースを食べるのだとか。

逆に、獣人が大多数を占める黄翼騎士団だと、副菜はほとんどなく「肉！　酒！　パン！　肉！」というなんとも豪快なメニューになるそうだ。

食事一つとっても騎士団の特色がこんなに出るなんて面白いものだと思う。

いつか、全部の騎士団のご飯を食べ比べてみたいな！

金翼騎士団の人たちとか、どんなご飯食べてるんだろう？

「――おっ、いたいた。おーい、タクミちゃん！」

「……うん？　呼んだか？」

「呼んだ呼んだ！　ガゼル団長がさ、飯食い終わったら団長室に来てくれってよ」

「了解した。わざわざすまないな」

ちょうどご飯を食べ終わったところで、団員の一人から声をかけられた。

なんでも、ガゼルがおれのことを呼んでいるらしい。

……呼び出される用件に心当たりはなかったが、もしかすると、今日の件だろうか？

黒馬を暴走させて、他の騎士団の任務――しかもモンスターとの戦闘の真っ最中に突っ込んでいったのだ。お小言の一つや二つはもらってもおかしくはない。というか、最悪、今月のお給料とさよならバイバイする覚悟を決めたほうがいいかもしれない。

それに――リオンとフェリクスの会話を聞いた後ではなおさら、ガゼルと二人で会うのは躊躇《ためら》われた。

だが、ガゼルからの呼び出しを拒否するわけにもいかない。

おれは食器を所定の位置に返した後、騎士団の隊舎内にある団長専用の執務室へと向かった。

ドアの前で立ち止まり、ノックすると「入れ」とくぐもった声が聞こえる。

一呼吸を置いてからおれはゆっくりとドアを開けた。

ガゼルは部屋の正面にある執務机に座っていた。床には毛足の短い赤絨毯《あかじゅうたん》が敷かれ、執務机を含む家具は濃茶色のウォールナット材で統一されている。

おれは執務机の前まで行くと、「黒翼騎士団団員、タクミ。招集により馳せ参じました」と言って敬礼した。

そんなおれを見て、ガゼルが椅子に座ったまま苦笑いを浮かべる。

「相変わらずお前は真面目だなァ、タクミ。そんな規定通りの敬礼する奴、うちの隊じゃお前さんだけだぜ？」

「規則は規則だからな。それに、おれが好きでやっているんだ。相手がガゼルだから」

「へぇ、嬉しいことを言ってくれるじゃねェか」

ガゼルが相手ならいくらでも敬礼したってかまわないぜ、おれは！　ガゼルのことはもちろん大好きだし、おれが一番尊敬してる人だからな！

それに……これはあまり大きな声では言えないけど、ホラ、敬礼ってカッコいいじゃん？

おれの中の中二病心が大はしゃぎなんですよ。っていうか、おれだけじゃなくて、男の子なら誰でも憧れるでしょ！

「ところでガゼル……おれが呼ばれた件だが、もしかして今日のことか？」

「ん？　いや、それとは違う。まぁ、確かにお前が一人で駆け出してった時にはビックリしたがな」

「あれは……その、本当に申し訳なかった。やはり、おれはまだ馬と心を通わせきれていなかったようだ」

「はは、そういうことにしといてやるよ」

あれー？　ガゼルがおれを呼んだ理由は、白翼騎士団に突っ込んでいった件ではないらしい。

ならば、いったいなんの話なのだろうか？

「いや、フェリクスを呼びに行かせた後、お前の態度がおかしかったから気になってな」

「っ！」

「フェリクスの前だと話しづらいかと思ってな。……なにかあったのか？」

真剣な顔で問いかけるガゼルに、おれはなんと説明したらいいものか迷う。

——「なんでもない」だと、「なにかあります」って言ってるのと同義だよな……かと言って、「リオンがガゼルを好きだって話を聞いてしまった」って言うわけにもいかないし！

「その……リオンとフェリクスを呼びに行った時に、うっかり二人の話を聞いてしまったんだ」

「ふぅん？」

「盗み聞きをした形になってしまい、二人に申し訳ないと思っている」

「なるほどなァ。でもタクミ、それだけじゃねェだろ？」

「え……」

「他にもなにか気に病んでることがあるんじゃねェのか。顔、見てたら分かるぜ」

静かな光を金色の瞳にたたえて、ガゼルがおれを見つめる。

その言葉に、おれは口ごもった。彼の言う通りだったからだ。

——おれは、ガゼルとフェリクスの二人から「愛している」と告白されている。だが、その返事を保留のままにしている状態だ。

二人共尊敬できて、頼りにできるかけがえのない人たちだ。だから、おれもガゼルとフェリクスのことは大好きだ。

そ、その……キスとか、性行為とかはまだ慣れないけれど、嫌ではないし、嫌だと思ったことも一度もない。いや、なんか二人のテクニックとか勢いについていけなくて「もう無理」と泣いたことは何度もあるんだけど……って、そうじゃなくって！

……おれは、ガゼルとフェリクスに告白されているにもかかわらず、二人の内どちらかを選ぶことなんてできなくて、その返答を先延ばしにしている。

けれど——ここにきて、リオンがガゼルのことを好きだと知ってしまった。

あの様子ではリオンがガゼルにすぐに告白することはないだろうが……でも、そう遠い日じゃないかもしれない。その時、リオンから告白をされたらガゼルはなんと思うだろうか？

リオンは容姿端麗で、白翼騎士団の団長になれるほど剣も強く、おまけに貴族だ。しかも黒翼騎士団のヒラ団員であるおれが、呼び捨てで名前を呼ぶことを許してくれるほど気さくで優しい。

対するおれは、黒髪黒目がちょっと珍しいだけの平々凡々な男。剣の腕前どころか乗馬すらからっきし。ガゼルに拾ってもらえなかったら密入国者・無職・住所不定という三連コンボを決めていただろう男だ。

…………どう贔屓目《ひいきめ》に見ても、圧倒的敗北ーーーー！

ど、どうしよう⁉

ガゼルはおれのことを好きだって言ってくれるけど……もしもリオンがガゼルに告白したら、さすがのガゼルも気持ちが揺れ動くんじゃないか？

でも、ガゼルとリオンが結ばれるのは嫌だ……！

……いや、けれど、おれがどの口でそんなこと言えるんだよ。

おれは別にガゼルの恋人でもなんでもない。だから、もしもガゼルがリオンを選んだとしても、おれに引き留める権利なんてどこにもなくて……

ぎゅっと心臓が引き絞られるように痛む。

「……ガゼルは……」

「うん？」

「その……二人からの告白に対して、おれが答えを引き延ばしていること、どう思ってる？」

気付いたら、そんなことを口走っていた。

わずかに震えたおれの言葉に、ガゼルが目を瞬《しばた》く。そして、ふっと顔を緩めると、おれを自分のもとに手招いた。

誘われるがままに机を回り込んでガゼルの傍に行くと、ガゼルは立ち上がりおれの身体を抱きすくめる。

――って、ちょ、ちょっとガゼルさん⁉

「前にも言ったろ？　急かすようなことじゃねェんだ、タクミが満足いくまで悩めばいいさ」

上背《うわぜい》のあるガゼルにすっぽりと抱きしめられ、幼子にするみたいによしよしと頭を撫でられる。

耳に響く声はどこまでも優しい。

「それとも俺がなにか、お前を不安にさせるようなことをしちまったか？」

「そ、そういうわけじゃない。……その、詳しくは言えないんだが……リオンとフェリクスの話を聞いた時に、ちょっと考えさせられたんだ。同時に、自分の卑怯《ひきょう》さがすごく嫌になった」

「卑怯《ひきょう》？」

「ガゼルとフェリクスに告白されて……二人共、おれなんかにはもったいない人だ。なのに、その返事をおれはずっと先延ばしにしていて……改めて、二人には本当に申し訳ないと思って」

ガゼルの胸元を手で押して、彼を見上げる。ガゼルは静かな眼差しでおれを見下ろしており、こちらを責める様子はない。それに、ますます申し訳なさが募る。

「こんなに待たせて……二人共、本来ならおれに怒って告白を取り消してもいいくらいだろ？　だから、その……」

「可愛い奴だな、お前は。そんなことで悩んでたのか？」

すると、再びガゼルがおれの後頭部に手を添え、そのまま掌で髪の毛をかき混ぜるようにしてぐしゃぐしゃと撫でてきた。

あんまり勢いよく頭を撫でられたものだから、ぐわんぐわんと首が左右に揺れる。

「うわっ、ちょ、ガゼルっ！」

「そんな気難しく考えるなよ。お前のためなら俺はいくらでも待てるぜ」

「ガゼルがそう言ってくれるのは嬉しいんだが……その間に、ガゼルだって気持ちが変わることもあるんじゃないのか？」

「ん？　——へぇ？　お前、俺の気持ちが変わったら困るのか？」

「っ……！」

ガゼルの言葉にハッと息を呑む。

しかし、自分の失言に気付いたところで、発した言葉を引っ込めることはできない。

「ふーん？　おいタクミ、今の台詞《せりふ》、もう一回言ってみろよ」

ガゼルは一転して、ひどく上機嫌な声音になった。

そして、こちらをからかうようなニヤニヤとした笑みを浮かべる。

羞恥が込み上げ身体を引いたが、その前にガゼルがおれの腰に腕を回してがっちりとホールドしてきた。

「なぁ、タクミ。言えって」

「……っ……」

多分、自分の顔は今、ものすごく赤くなっている。

こちらを見下ろすガゼルと視線が合わせられなくて、思わず俯《うつむ》く。だが、ガゼルが腰を抱いているのとは反対の手でおれの顎《あご》を掴み、無理やりに上向かせてきた。

逃げるどころか、顔を隠すのも許さないということだろうか。

喜色を浮かべる精悍《せいかん》な顔が眼前に迫り、おれは目を泳がせた。どくどくと心臓の音がうるさい。

「……こ、困るっていうのとは、少し違って……」

「ふむ」

「ガゼルの気持ちが他の誰かに向いてしまったら……ちょっと……いや、かなり嫌だなと思ったんだ。っ、もちろん、恋人でもなんでもないおれが、こんなことを言うのはお門違いだとは分かっている。でも、その……」

しどろもどろになりながら、なんとか言葉を紡ぐ。

次の瞬間――目の前にあったガゼルの顔は消え、おれの視界には天井が映っていた。

天井に吊り下げられた硝子《がらす》製のシャンデリアが光を反射し、目にまぶしい。

「………え？」

自分が、ガゼルによって執務机の上に押し倒されたのだと気が付いたのは、数秒遅れてのことだった。

衝撃で、机の上にあったペンが転がって床の上に落ちていく。

「ガ、ガゼル？」

「お前が悪い」

「はっ⁉」

まさかの、おれに原因があるとな……⁉

ど、どういうこと？

おれのあまりにも身勝手な言い分に、さすがのガゼルもマジ切れになったのか⁉

「ったく……そんなにいじらしいことを言うんじゃねェよ」

そう言って、ガゼルはおれのシャツに手をかけると、早急な手つきでボタンをはずしていく。

身体を起こそうとしたが、ガゼルが反対の手でおれの肩を上から押さえつけた。

「ガ、ガゼル……？　怒ったのか？」

「怒るわけねェだろ、逆だよ逆。俺は本当に、今日は手を出すつもりはなかったんだぜ？　なのに、お前があんまり可愛いこと言うからな、我慢できなくなっちまった」

混乱するおれのシャツをすっかりはだけさせると、ガゼルはまるで獲物を見下ろす肉食獣みたいな獰猛《どうもう》な笑みを浮かべた。

そして、ごつごつと骨ばった掌でおれの胸に触れる。

ああ、よかった。ガゼルは別に怒っているわけじゃないらしい。

それなら安心だ……って、ぜんぜん安心じゃないよ！

ちょっ、ガゼルさん⁉

ああっ、そうこうしている間に、おれのズボンと下着にまで手をかけているし……！

「ガゼルっ。ここ、執務室だぞ……っ！」

「大丈夫だって、最後まではやんねェから」

あ、そう？

最後まではしないなら安心かな……って、だからぜんぜん安心じゃないって自分！

「だ、誰か来たらどうするんだ……んっ、ふ」

「大丈夫だ、こんな時間にこんなところ、わざわざ誰も来やしねェよ」

ガゼルはそう言うものの、おれとしては不安で仕方がない。

だが、やめるように告げる前に、彼はおれの顔を上向かせて唇を重ねてきた。

「んっ……！」

噛みつくような、貪欲で、荒っぽいキスだった。

唇の隙間から強引に舌が割り入ってくると、舌先で歯列や顎《あご》の裏をなぞられる。

じわじわと湧き上がる快楽から逃げようとしたものの、ガゼルはおれの舌を難なく捕らえた。隅から隅まで味わい尽くすように肉厚の舌を絡ませ、吸い上げる。

「ぁ、ふっ……」

舌技の合間になんとか息継ぎをするものの、絶え間ないキスに頭がぼうっとしてくる。

滲む視界に、自分の瞳に涙がたまっているのが分かった。

おれはガゼルを止めるため、腕を伸ばしてしがみつくように彼の首に腕を回した。が、何故かガゼルは止めるどころか、ますます口づけを深く、荒々しいものに変えた。

「ふっ……はっ……」

銀糸を引きながらようやくガゼルの唇が離れる頃には、おれはぐったりとデスクの上に身体を投げ出していた。

その様を見下ろして、ガゼルが喉の奥で低く笑う。

「くくっ……キスなんか何度もしてんのに、まだ慣れねェのか？」

「……全然慣れないし、慣れる日が来るとも思えないな……」

憮然としてそう言うと、ガゼルはおかしそうに笑った。

「ははは、いつまで経ってもお前はすれねェな。ま、そこがいいんだけどよ」

またもやくつくつと喉の奥で笑いながら、ガゼルはそっとおれの胸に指を伸ばした。そして、あらわになっている素肌をなぞっていく。

気が付けば、いつの間にかシャツはすっかりボタンが開けられてしまい、ズボンと下着すらなかば脱がされかけて太腿の途中で引っかかっている状態だった。

い、いつの間にこんなに脱がされてたんだ？

相変わらずの早業《はやわざ》だけど、他人の服を脱がせるのがうまいのって……それだけガゼルは慣れてるってことだよな。

……なんだろう、ちょっと寂しいかも。

前はそこまで気にならなかったし、それどころか、むしろ「さすがイケメンは経験豊富なんだなぁ」と感心すらしていたのに……リオンがガゼルに惚れているなんて話を聞いてしまった後だからだろうか。

……いや、だからおれはガゼルの恋人でもなんでもないんだし、寂しいと思う権利なんかないんだけど！

「ん？　どうしたタクミ、またそんな顔して……なんか他に悩んでんのか？」

そんなことを思っていたら、ガゼルが再びおれの顔を覗き込んできた。

そして、指先でふにふにとおれの頬に触れてくる。

「あんまり小難しく考えるなよ。前にも言ったろ？　お前が望むなら、俺は別に三人でもいいぜ？」

「そ、それは道徳的にどうなんだろうか……？」

さすがに問題があるのでは、と思ってガゼルを見つめると、ガゼルは指で再びふにふにとおれの頬を弄《いじ》ってきた。「やわらけェなー」とか言って楽しそうにしているあたり、おれの言葉を聞いているのかだいぶ怪しい。

「ガ、ガゼル。人の顔で遊ばないでくれ……」

「ああ、悪い悪い。ついつい楽しくなっちまった。で、えーっと……ああ、そうだそうだ。さすがに俺だって他の野郎は勘弁だが、フェリクスなら許せるぜ。あいつは俺の部下だが……同時に大事な相棒でもあるからな」

そう言って、どこか遠い目をするガゼル。

多分、おれが出会う前の二人のことを思い返しているのだろう。

「俺みたいな学も後ろ盾もない男が、今日まで団長なんてやってられるのはあいつがいてくれたおかげだ。だから、万が一俺になにかあった時、あいつにならお前を託《たく》せる」

「なにかあった時って――」

不穏な言葉に、胸がざわつく。

思い返すのは三週間前のメヌエヌ市の防衛戦だ。おれが元いた世界のRPG『チェンジ・ザ・ワールド』の中では……怒涛《どとう》のように押し寄せたモンスターとの戦いで、黒翼騎士団は壊滅状態となった。

そして、その戦いでガゼルかフェリクスのどちらかが命を落としてしまうのだ。

「……縁起でもないことを言わないでくれ、ガゼル」

思わず、ガゼルの服の裾をぎゅうっと握りしめる。

ガゼルはそんなおれを優しい眼差しで見下ろしながら、顔を寄せてこめかみに触れるだけのキスを落とした。

「俺だって死にたいと思ってるわけじゃねェ。だが、戦場に身を置く以上、覚悟は決めておかなきゃならん」

「…………」

「そんな暗い顔すんなって。ほら、そもそも人間なんざいつ死ぬか分かんねェだろ？　事故や病気って可能性もあるじゃねェか。……ただな、もしも俺がそうなった時に、お前を一人きりにしたくねェんだよ」

「……ガゼル……」

思いもかけない言葉に、ガゼルの顔をまじまじと見つめてしまう。

そんな風に考えていてくれたなんて、全然知らなかった。

「お前は自分が思ってる以上に、周囲を惹きつける男だ。だが、それで集まるのはいい連中ばかりじゃねェ。時には邪《よこしま》な考えを持って近づいてくる連中もいる」

いつになく真剣な顔のガゼルに、おれもつられて頬を引きしめる。

……邪《よこしま》な考えで近づいてくる人って、具体的にどんなのだろう？

うーん……？　「へっへっへっ……お兄さん、この壺を買えば彼女もできるし宝くじも当たりまくりで億万長者待ったなしのゴージャスな生活が送れますよ……」みたいな感じかな？

「フェリクスも俺と同じ考えだろう。だから……俺たちは、お前がどんな選択をしようと受け入れるつもりだ」

「……でも、おれは……」

「ま、なにが言いたいかっつーと、そんなに焦るなよって話だ。俺らはタクミを急かすつもりはねェからな、せいぜい気の済むまで悩んでくれればいいさ。——とは言っても……」

ガゼルは言葉を区切ると、手を胸の上の乳首に滑らせ、指でつまんできた。

唐突な刺激にびくりと身体が震える。

「ひぁッ！　ぁ、ちょっ、ガゼルっ……！」

「俺も独占欲がないわけじゃないんだぜ？」

「んっ、ふ、ぅっ……！」

ガゼルは上体をかがめ、おれの胸に顔を寄せた。そして、淡く色づく乳首を唇ではむりと挟む。

次いで、乳首の先を舌先でつんつんと突かれると、じんと痺《しび》れるような快楽が奔《はし》った。

「あっ、ガゼル、そこ、だめだっ……んっ、ぁっ」

「お前のここは嫌とは言ってないみたいだけどな」

意地悪げな笑みを浮かべたガゼルが、尖りきった乳首を甘噛みしながら、おれの足の間に手を伸ばした。

おれの性器はすでに緩く頭をもたげている。だが、ガゼルはそこには触れずに、太腿の付け根のやわらかい皮膚を指でなぞった。

「んっ、ふぅっ……ぁっ」

「あと、言っておくとな。タクミに対する俺の気持ちが変わることなんてあり得ないぜ。ま、それは今からたっぷりと教え込んでやるけどな」

ガゼルはそう言うと、再び小さな乳首に吸い付いた。

チュッと音を立てるほどそこをきつく吸われて、身体全体がびくりとしなる。そんなおれの反応を見て、ガゼルは唇を弧の形に描いてひどく愉しそうに笑った。

「ぁっ、ガゼルっ……そこ、そんな風にしないでくれ……っ」

「そんな風って？」

まるで、女の子にするみたいに乳首を弄《いじ》られて、それで気持ちよくなっている自分がいたたまれなくて、涙目でガゼルを見上げる。

だが、ガゼルはやめてくれるどころか、ますます笑みを深くした。

そして、吸い付いているほうとは反対側の乳首を指先でカリカリと引っかいてくる。

「ひぁッ！　ぁ、ガゼルっ……んぅっ！」

口内に含まれた乳首にガゼルの肉厚な舌が絡みついてくる。

かと思えば、もう一方の乳首を指の腹でさわさわとくすぐるように触れられる。

異なる愛撫から生じる快楽に、おれの陰茎は今やすっかり腹につくほどに屹立《きつりつ》していた。それどころか、先端からはとぷりと透明な先走りが溢れ始めている。

だが、ガゼルは一向にそこには触れようとしなかった。

時折、空いている片手で内腿のやわらかい部分を指の腹でゆっくりとなぞったり、陰茎の付け根のきわどい箇所をそっと触れたりするものの、決して中心には触れようとしない。

「う……」

「どうした、タクミ？」

決定的な刺激が与えられず、もどかしさで無意識の内に腰が揺れる。

その様子を見たガゼルは乳首から口を離すと、おれの顔を覗き込んできた。

「ふ……なんて顔してやがる、たまんねェな」

舌なめずりをするように唇を舌先で舐めて、ぎらついた金瞳でおれを見下ろすガゼル。

ガゼルがこういう顔をする時、おれはいつも今から獰猛《どうもう》な肉食獣に食べられる小動物のような気分になる。思わずごくりと唾を呑み込んでしまう。

「なぁ、タクミ。触ってほしいか？」

「……っ」

ガゼルはおれの顎《あご》を指で取ると、低く甘やかな声で尋ねた。

だが、さすがのおれでもその答えを口にするのは躊躇《ため》われる。顔を真っ赤にしながら押し黙っていると、ガゼルのもう一方の手が再びおれの下肢に伸びてきた。

「ほら、言えよタクミ。もう我慢できないんだろ？」

「あっ……！」

ガゼルの指先がおれの陰茎に、ほんの少しだけ触れた。だが、指は一瞬触れただけで、すぐにパッと離れていってしまう。

しかし、そんな些細な刺激でも、今のおれにはひどく耐え難かった。

ガゼルの指が触れた箇所だけがじんじんと熱を持っている。陰茎の先からはとぷとぷと先走りが溢れ、幹を濡らしていく。

「っ、ガゼルっ……！」

「ん？」

「さ……触ってくれ……そこ、そんな触り方じゃなくて……その……」

もう、限界だった。

両腕をガゼルの首に回して、目尻に涙を浮かべて懇願する。

けれども、ガゼルはそれだけでは許してくれなかった。

「どこを、どんな風に触ってほしいんだ？」

「なっ……！」

「言ってみろよ。ちゃんと言えたら、気持ちよくしてやるから」

「っ……！」

ガゼルの言葉に、ますます顔に熱が集まっていく。

だが、おれが口ごもっていると、ガゼルはぴたりとすべての愛撫を止めてしまった。

どうやら本当に、おれがハッキリ言うまで触ってくれるつもりはないらしい。

「……ガゼル……」

「おう」

「おれの……勃ってるところ、もっと、指でちゃんと触ってほしい……」

あまりの羞恥にところどころつっかえながらも、なんとか言葉を絞り出した。多分、今のおれの顔はみっともないくらいに真っ赤だと思う。

ガゼルはおれの言葉を聞くと、満足げな笑みを浮かべて、掌で包み込むように頬を撫でてきた。

「よしよし、よく言えたな。じゃあ、約束通りちゃんとイかせてやるよ」

「あっ……！　んぁ、っぅ」

ガゼルは指でおれの陰茎を握り込み、掌で竿《さお》を扱《しご》き始めた。

同時にもう一方の手で、つんと勃ち上がっている乳首をコリコリと弄《いじ》る。

「ぁっ、ぁ、ぁあッ……！」

待ち焦がれていた愛撫がようやく与えられ、怒涛《どとう》のように快楽が押し寄せた。

瞬く間に性感が高まり、足の指がきゅうっと丸まる。

「あっ、んっ、ガ、ガゼルっ……！」

「ん？」

「……も、もう一回、キスしてほしっ……んっ、ぁっ！」

一人で昇りつめるのが恥ずかしくて、そして少しだけ寂しくて、気が付けばそんなことを口走りながらガゼルに縋《すが》っていた。

ガゼルは驚いたように目を見開いたが、すぐさま覆いかぶさるように口づけてくる。

「んぅ、ふっ……！」

「っ、タクミっ……ん、っ」

先ほどのキスよりもいっそう荒々しく、ガゼルの舌がおれの口内を蹂躙《じゅうりん》する。

それと同時に、陰茎を攻め立てる手つきもより激しくなった。

「ぁ、んっ、んぅ……んんんーーーッ！」

おれは喉を仰《の》け反《ぞ》らせながら、呆気なく達した。

だが、どくどくと精液を吐き出している最中も、ガゼルの手は動きを止めることなく幹をゆっくりと扱《しご》き続ける。まるで、尿道に残っている精液をすべて吐き出させようとするような手つきだった。

「んっ、ふ……ぁ……ぁっ」

舌を絡ませ合いながら、身体がびくびくと痙攣《けいれん》する。

ようやく唇が離れた時には、尿道に残っていた精液は一滴残らず出尽くしており、おれはくったりと脱力していた。

もう、指一本動かす気力もない。

「……愛してるぜ、タクミ」

ガゼルが甘い声でおれの名前を呼んで、そっと眦《まなじり》に唇を落とす。

先ほどの荒っぽいキスとは違う――それは、おれを心から慈しんでくれていることが伝わる、とてもやさしいキスだった。

ＳＩＤＥ　黒翼騎士団団長ガゼル

「だ、誰か来たらどうするんだ……んっ、ふ」

「大丈夫だ、こんな時間にこんなところ、わざわざ誰も来やしねェよ」

――タクミは弱々しく抗議の声をあげ続けていたが、それを遮るように口づける。

薄く割り開いた唇に舌を滑り込ませ、口内を舐め上げる。舌先でタクミの小さな舌をくすぐり、まるで蛇が絡むように舌を絡ませる。

「ぁ、ふっ……」

甘い吐息を零しながら、タクミの瞳に涙が滲み始める。

この瞬間が、いつも好きだった。

快楽で攻め立てられ、うっすらと瞳に涙を浮かべるタクミの顔を見ていると、ぞくぞくと背筋に悦びが奔《はし》る。

守ってやりたいという庇護欲と同時に、もっと彼を攻め立てて、その顔を快楽で歪ませたいという嗜虐《しぎゃく》じみた昏《くら》い悦びが胸に満ちる。

しばらくキスを続けていると、苦しくなったのか、タクミが腕を伸ばしてしがみつくように首に腕を回してきた。

だが、その仕草すらたまらなくて、ついつい口づけを深いものにしてしまう。

「ふっ……はっ……」

ようやくキスが終わった頃には、タクミはぐったりと力なくデスクの上に横たわっていた。

夜の色を宿した瞳が涙に濡れて、黒曜石のように輝いている。いつも表情を変えない冷静沈着なこいつが、頬を上気させて肩で息をしている姿に、思わずごくりと唾を呑み込んだ。

「くくっ……キスなんか何度もしてんのに、まだ慣れねェのか？」

「……全然慣れないいし、慣れる日が来るとも思えないな……」

「ははは、いつまで経ってもお前はすれねェな。ま、そこがいいんだけどよ」

拗ねたように言うタクミに笑い声をあげながら、あらわになった素肌に触れた。

相変わらず、きれいな肌だった。

タクミの肌はこの年頃には珍しく、ほとんど日に焼けていない。こいつはあまり外に出たがらないし、訓練が終わった後でも、誰かと連れ立って街に繰り出すこともない。

俺とフェリクスが誘えば、昨日のように一緒に外出はするが、こいつが一人で外に行くことはめったにない。

恐らくは、この黒髪黒目の容姿のせいだろう。

あまりタクミは自分の過去を語りたがらないが、こいつの呪いじみた体質と、出会った時の状況から、今までにどんな扱いを受けていたのかは想像に難くない。

この世に珍しい黒髪黒目を持つ青年、タクミ。

だが、希少な〝黒〟を持っているからという理由で俺もフェリクスもこいつに惚れたわけではない。

タクミには、周囲の人間を惹きつける不思議な魅力があるのだ。

今日の白翼騎士団のオレンジ頭の青年といい、白翼騎士団団長リオン――そして俺とフェリクス。こいつに惹かれてやまない人間を数えていけばきりがない。

そんなことを考えていたら、タクミの肩を押さえつける手にわずかに力が入ってしまった。

慌てて力を緩めると、ふと、タクミが寂しげな表情をしているのに気が付く。

「ん？　どうしたタクミ、またそんな顔して……なんか他に悩んでんのか？」

いつも泰然とした態度で、表情の変わらないタクミだが――顔に出さないだけで、こいつは誰よりも優しく、お人好しだ。

自分よりも他人の命を案じ、危険を顧《かえり》みず突っ込んでいく戦闘スタイルは、きっとその優しさの表れなのだろう。

だが、見ているこちらとしては非常に心臓に悪い。

今日も、馬を駆って一人で走り出したと思えば、なんと剣を投擲《とうてき》してグレートウルフを仕留めたのだ。

いったいどうやって、あんなに離れていた白翼騎士団とモンスターの戦闘に気が付いたのかは分からないが、後を追っていた俺とフェリクスは冷や冷やさせられた。

そんなタクミにお仕置きの意味も込めて、その両頬を指でつまんでみる。

だが、意外とタクミのほっぺたはやわらかく、あまり痛みを感じていないようだ。

……本当にやわらけェな。なんか癖になりそうだ。

「ガ、ガゼル。人の顔で遊ばないでくれ……」

ふにふにと頬を弄《いじ》っていると、タクミが困った顔で俺を見上げてきた。

「ああ、悪い悪い。ついつい楽しくなっちまった。で、えーっと……ああ、そうだそうだ。さすがに俺だって他の野郎は勘弁だが、フェリクスなら許せるぜ。あいつは俺の部下だが……同時に大事な相棒でもあるからな」

――そう。俺とフェリクスは、目の前の青年に心の底から惚れている。

まさかこの俺があいつと同時に、たった一人に惚れることになるとは予想もしていなかったが、まァ、そうなっちまったもんは仕方がない。

仕方がないとはいえ、この件について俺は一歩も引く気はなかった。それはフェリクスも同じだ。

だが、それでもってフェリクスと正面から争うつもりもなかった。

俺とフェリクスの間に亀裂《きれつ》が入れば、誰よりもそれを気に病むのはタクミだということが、二人共分かっていたからだ。

そのため、今の俺たちは三人で持ちつ持たれつの関係性を維持している。

それに……

「俺みたいな学も後ろ盾もない男が、今日まで団長なんてやってられるのはあいつがいてくれたおかげだ。だから、万が一俺になにかあった時、あいつにならお前を託《たく》せる」

「なにかあった時って……縁起でもないことを言わないでくれ、ガゼル」

タクミが焦ったように俺の服の裾をぎゅっと握りしめてくる。

まるで、幼子がはぐれていた親にしがみつくような仕草だった。

愛おしさが胸の内から込み上げ、俺はタクミに顔を寄せると、こめかみにそっと口づけを落とした。

「俺だって死にたいと思ってるわけじゃねェ。だが、戦場に身を置く以上、覚悟は決めておかなきゃならん」

「………」

「そんな暗い顔すんなって。ほら、そもそも人間なんざいつ死ぬか分かんねェだろ？　事故や病気って可能性もあるじゃねェか。……ただな、もしも俺がそうなった時に、お前を一人きりにしたくねェんだよ」

「……ガゼル……」

「お前は自分が思ってる以上に、周囲を惹きつける男だ。だが、それで集まるのはいい連中ばかりじゃねェ。時には邪《よこしま》な考えを持って近づいてくる連中もいる」

タクミに語った言葉も本音の一つだ。

黒髪黒目の容姿、この国では珍しい不思議な色合いの肌。

そして、なにが起きても冷静沈着で泰然とした態度。

そのくせ、不意打ちで微笑みを見せたり、寂しげな瞳でこちらを見つめたりしてくる。

そんな仕草の一つ一つに、いつもどきりとさせられるのだ。

その手の好事家《こうずか》にとって、タクミは喉から手が出るほど欲しい獲物なのである。

だが、タクミはこの国には身寄りもなく、また政治的な後ろ盾もいない状態だ。正直、黒翼騎士団の団員という立場だけではまだ弱い。

けれど――俺とフェリクスが傍にいられるなら、そういう邪《よこしま》な目的の連中から守ってやれる。

もしも俺になにかあっても、フェリクスがいるなら安心だ。そして、その逆もしかり。

フェリクスもそれが分かっているからこそ、今の『三人』の状態を維持しているのだ。

「フェリクスも俺と同じ考えだろう。だから……俺たちは、お前がどんな選択をしようと受け入れるつもりだ」

「……でも、おれは……」

「ま、なにが言いたいかっつーと、そんなに焦るなよって話だ。俺らはタクミを急かすつもりはねェからな、せいぜい気の済むまで悩んでくれればいいさ。――とは言っても……」

タクミの日に焼けていない肌――その上で色づく乳首をきゅっと指でつまむ。すると、途端にタクミが甘い声をあげた。

「ひぁッ！　ぁ、ちょっ、ガゼルっ……！」

「俺も独占欲がないわけじゃないんだぜ？」

「んっ、ふ、ぅっ……！」

小さな乳首に吸い付くと、タクミは面白いぐらいに身体をびくびくとしならせた。

その姿ににやりと自分の唇が歪むのが分かった。触っていないタクミの性器が反応しているのを感じる。

最初の頃からタクミはなかなか感度がよかったが、今はそれにさらに輪をかけている。俺とフェリクスがさんざん弄《いじ》って、身体に覚え込ませたからだ。

乳首への愛撫だけで、身をくねらせ、性感に耐えるタクミに仄暗い欲が湧き上がる。

「ひぁッ！　ぁ、ガゼルっ……んぅっ！」

嬌声の合間に、俺の名前を必死に呼ぶ姿がたまらない。

気が付けばタクミの陰茎はすっかり頭をもたげ、透明な雫《しずく》を零していた。

赤く色づく先端から、まるで涎《よだれ》を垂らすように先走りをぽたぽたと垂らし、ふるふると震えている。

今、この可愛いらしい陰茎をしゃぶって啜《すす》り上げてやったら、どんな声で鳴くだろうか。タクミがさらに乱れる姿を想像するだけで、頭の中が焼き切れそうだ。

だが、俺はあえて触ってやらなかった。

代わりに、タクミの内腿のやわらかい部分をゆっくりとなぞり、陰茎の付け根のきわどい部分を指でくるくると円を描くように触れてやる。

「う……」

「どうした、タクミ？」

乳首から口を離して、タクミの顔を覗き込む。

タクミは黒い瞳に涙をためて俺を見上げた。はぁはぁと息を荒らげて、顔を真っ赤にし、唇を開く。

だが、その先を続けるのは躊躇《ためら》われたのだろう、恥じ入るように口を閉じてしまった。しかし、それで快楽が収まるわけではないので、再び瞳は切なげに潤んでいく。

「ふ……なんて顔してやがる、たまんねェな」

思わず自分の下衣に手をかけ、己のいきり立ったものでタクミを貫き、泣かせたい欲にかられたが、その衝動をぐっと堪える。

俺とフェリクスの間には暗黙の了解があった。

——三人が揃っていない時には身体を繋げることはしない。

俺とフェリクスがそれぞれタクミを抱くようになったら、際限なく求めてしまうだろう。俺とフェリクスが張り合うようにタクミを抱くような状況も避けたかった。

そのため、俺は情動を抑え込み、代わりにタクミの顎《あご》を指で取ってその顔を覗き込んだ。

「なぁ、タクミ。触ってほしいか?」

「……っ」

本音は今すぐに触ってほしいだろうに、タクミはそれでも言葉にしようとしない。

瞳を揺らし、そっと瞼《まぶた》を伏せると、長い睫《まつ》毛《げ》が頬の上に影を落とした。

だが、むしろその仕草はますます俺の中の加虐心に火をつける。

「ほら、言えよタクミ。もう我慢できないんだろ?」

「あっ……！」

指先で、タクミの先走りによって濡れた竿《さお》を、ほんの少しだけ指先で触れてやる。たったそれだけで、タクミの陰茎の先からはとぷりとぷりと先走りが溢れ始めた。

「っ、ガゼルっ……！」

「ん？」

「さ……触ってくれ……そこ、そんな触り方じゃなくて……その……」

タクミが俺に縋《すが》るように両腕を首に回して、目尻に涙を浮かべて懇願してくる。

その表情に、背がぞくりと震えた。

今日、冷ややかな顔でモンスターの死骸を見下ろしていた男が、今、俺の手の中でこんなにあられもない顔で縋《すが》りついているのだ。たまらなかった。

「どこを、どんな風に触ってほしいんだ？」

「なっ……！」

「言ってみろよ。ちゃんと言えたら、気持ちよくしてやるから」

「っ……！」

思わず、さらにいじめるような言葉を告げる。タクミはますます顔を真っ赤にした。

だが、俺がピタリとすべての愛撫を止めると、覚悟を決めたようにぎゅっと目をつぶった。

そして、おずおずと口を開く。

「……ガゼル……」

「おう」

「おれの……勃ってるところ、もっと、指でちゃんと触ってほしい……」

ほとんど泣き出しそうな顔で、つっかえながらも言葉を絞り出したタクミ。

本当はもっといやらしい台詞《せりふ》を言わせようかとも考えていたが、その顔を見てさすがに限界を悟る。

まァ、今日はこれで充分に満足だ。タクミのこんな可愛い顔が見られたんだしな。

「よしよし、よく言えたな。じゃあ、約束通りちゃんとイかせてやるよ」

「あっ……！　んぁ、つぅ」

陰茎と乳首への愛撫を再開させると、タクミはびくびくと身体を跳ねさせて身もだえた。

その肩を押さえつけ、一気に攻め立てる。

「あっ、んっ、ガ、ガゼルっ……！」

「ん？」

タクミがそろそろ絶頂を迎えそうだという時、不意に、必死な声で名前を呼ばれた。

どうかしたかと顔を見ると、タクミは目を涙でいっぱいにして、縋《すが》るようにこちらを見つめていた。

「……も、もう一回、キスしてほしっ……んっ、ぁっ！」

その言葉を聞いて、驚きに目を見張る。だが、すぐさまそれ以上の喜びが去来した。

理性が飛び、タクミの唇に自分の唇を夢中で押し付け、舌を割り込ませる。

「んぅ、ふっ……！」

「っ、タクミっ……ん、っ」

「ぁ、んっ、んぅ……んんーーーッ！」

乳首を指先でいじめ、陰茎をさらに扱《しご》き立てると同時に、口づけをより深いものにする。

タクミが精を吐き出しても唇を離すことなく、舌を絡ませ合った。たどたどしいながらも、なんとか俺の舌に応えようとするタクミに愛おしさが込み上げる。

「……愛してるぜ、タクミ」

だからだろう。唇を離した瞬間、まるで零れ落ちるようにそう告げていた。

そっと眦《まなじり》に唇を落とすと、タクミはくすぐったそうに微笑んだ。

その表情にますます愛おしさが湧き、タクミの顔中に何回もキスの雨を降らせたのだった。

◇

――翌日。

今日は通常通り、団員は運動場での鍛錬《たんれん》と座学だ。

最近、モンスターの数が各地で増加しているものの、今のところは騎士団や冒険者たちの働きによって大事には至っていない。

おかげ様で、今日は黒翼騎士団に出動の辞令が下ることもなく、いつも通りの訓練日となった。

おれが所属している隊は、午前中は運動場での走り込みの後、二人一組になって模造刀で打ち合いを行った。

打ち合いとはいっても、剣の型の基礎を確認することが目的なので、本気で戦うわけではない。団員同士で模擬試合をすることもあるけれど、そういう時は必ずガゼルかフェリクスが見ており、戦闘が終わった後に各自に直接指導をしてくれる。

その後は、団員全員で集合して、国旗掲揚と行進訓練を行う。

皆で一斉に動いていると、元の世界の運動会を思い出して、なんだか懐かしくなってしまった。

「――タクミ」

行進訓練が終わったところで、ようやくお昼休憩だ。

皆揃ってぞろぞろと食堂に移動し、おれもその波に乗って昼食へ向かおうとしていたのだが、背後から声をかけられて足を止めた。

「申し訳ありません、いきなり呼び止めてしまって……少しだけ、貴方と話したいことがあるのですが、よろしいでしょうか？」

おれを呼び止めたのは、フェリクスだった。

相変わらず、どこにいても絵になる人だ。

飾り気のない黒地の隊服を着て、砂埃の舞う運動場にあってなお、控えめな微笑と共にこちらに歩いてくる姿は颯爽《さっそう》としている。

「ああ、もちろんかまわない。今から行けばいいか？」

「はい。貴方の昼食もこちらで準備しますのでご安心ください」

にっこりと優しく微笑んでくるフェリクスに、おれもつられてニコニコと頬を緩めそうになり、慌てて顔を引きしめた。

多分、フェリクスが話したいというのは昨日のことだろう。

今は人目があるから愛想のいい微笑を浮かべているだけで、本当のところ、おれが話を聞いてしまったことを怒っているのかもしれない。

顔と同時に気を引きしめて、おれはフェリクスと連れ立って隊舎に向かう。

隊舎の中に入ると、皆が食堂に向かうのとは反対の方向へ向かった。廊下を歩き階段を上ると、この時間はほとんどひと気のない棟の資料室に入った。

ざっと見て、十畳くらいの部屋の中には整然と棚が並び、そこには紐で綴《と》じられた資料が収まっている。

「突然お呼び立てして申し訳ありません、タクミ。訓練が終わった後でもよかったのですが……あまり人には聞かれたくない話でしたから。この時間、この棟は人がおりませんので」

「ああ、おれは大丈夫だ」

おれみたいなヒラ団員とは違い、副団長であるフェリクスはやるべき仕事が多いのだろう。

それに彼は最近、訓練が終わった後は隊の宿舎ではなく、自分の実家であるアルファレッタ伯爵家に帰っている。フェリクスのお父君の体調がほとんど回復したとはいえ、まだ心配なのだろう。

対するおれは、訓練や仕事が終わってもなんの予定もないしね！

部屋で本読んだりゴロゴロしたりするしか予定のないおれが、フェリクスの都合に合わせるのは当然である。

……他の団員さんは訓練後に外に遊びに行く人もいるけどね。

皆タフだよなー。なんで運動場十周&打ち込み百回とかやった後に、平然と飲み屋に行けるんだろう？　本当に尊敬するよ。

「おれのことは気にしないでくれ、フェリクス。それに、本当はおれのほうが声をかけるべきだった」

そう言うと、おれはフェリクスに頭を下げた。

頭上からフェリクスの驚いた声が響く。

「タクミ？」

「おれを呼んだのは、昨日のリオンとの会話をおれが聞いてしまったからだろう？　盗み聞きのような真似をしてすまなかった」

「あ、頭を上げてください。タクミがわざとではなかったのは分かっていますから……！」

慌てるフェリクスに促され、おれはゆっくりと頭を上げる。

フェリクスは非常に困った表情でこちらを見下ろしていた。

「貴方に謝罪をしてほしくてここに来てもらったわけではないのです。誤解をさせるような真似をして申し訳ありません、タクミ」

「いや、おれは……」

「あの時、貴方に気が付かなかったこちらにも非がありますから。それに、私が気になっていることはそこではなくて……」

フェリクスが視線をさ迷わせ、言いづらそうに唇を開いては閉じるを繰り返す。

……珍しいな、フェリクスがこんなに口ごもることなんてめったにないのに。

「その……タクミは、私とリオン団長の会話をどこまでお聞きになったのでしょうか？」

決心したように、フェリクスがおれの顔をひたと見据えて尋ねた。

うっ！

ど、どこまでときたか……！

「あー……悪いが、主要な部分はほとんど聞いてしまったと思う。その……リオンには惚れている男がいるという部分はばっちり聞いてしまった」

「っ！　そ、そうでしたか……」

そこでおれとフェリクスは二人で押し黙った。

フェリクスはもの言いたげな顔で、ちらちらとおれの顔を見つめてくる。

おれは少し迷った後、ゆっくりと口を開いた。

「その……本当に申し訳なかった、フェリクス。もしも叶うなら、リオンにも話を聞いてしまったことを謝りたいと思ってるんだが、おれには彼と会う伝手《つて》がなくて……」

「……え？　リオン団長に謝りに行くのですか？　昨日の話を聞いたことを……？」

何故かおれの申し出にフェリクスが困惑を示す。

なんというか、言葉にはハッキリ出さないものの『それ、まさか本気で言ってるんですか？』的な、ちょっと信じられないものを見るような顔である。

「タクミが昨日のことを気に病んでいるのは分かりましたが……そのことを直接謝られるのは、さすがにリオン団長が気まずいのではないでしょうか……？」

「そ、そうか？」

「はい、大変気まずいかと。……リオン団長がはっきりと思いを告げられるまで、聞かなかったことにして差し上げるのがいいかと思います」

やんわりとした口調ではあったが、それは完全な否定だった。

どうも、リオンに謝罪に行くのはやめたほうがいいらしい。

うーん……？

まぁ、でも、言われてみれば、確かにおれに謝られたリオンが気まずい思いをするかもしれないよな。

フェリクスの言う通り、もし謝るとしても、リオンがガゼルにはっきりと告白した後のほうがいいのかもしれない。

今はまだ、昨日の件は聞かなかったことにしておくのがベストということか。なるほどな。

「そうか、分かった。なら、昨日の件はおれの胸に秘めておこう」

「……胸に秘めるというのは、その……タクミは昨日のリオン団長のお言葉を不快には思っていない、ということですか？」

フェリクスは眉を顰《ひそ》めて、おそるおそる、窺《うかが》うような口調で尋ねてくる。

なんだか今日は本当に珍しいなー。フェリクスはけっこう、言いたいことをハッキリと言葉にするタイプなのに。

「不快だとは思わなかったな。突然の話で驚きはしたが」

「そ、そうなのですか……」

何故かフェリクスはショックを受けている。

え、どうしたの？

「……タクミは、リオン団長のことはどう思っておられるのですか？」

かと思えば、今度は真剣な顔でそう尋ねてきた。

鬼気迫る彼に、思わず後ずさりしそうになる。

えっ、えっ？　な、なんでおれにリオンのことを聞くの？

…………あっ！

もしかして、リオンがガゼルにふさわしい相手かどうか、おれから見た感想を聞きたいってことか？

はっはーん、分かったぞ……つまりフェリクスは『同じ団長職といえど、うちの大事なガゼル団長と、よその騎士団の人間が釣り合うものでしょうか？　タクミは心配ではないのですか？』ってことを言いたいわけだ。

もー、フェリクスってばガゼルのこと大好きじゃん！

おれも大好きだぜ！　同志だな、フェリクス！

「リオンについては……そうだな、好ましく思ってるよ。権力を笠に着るようなところもなくて、いい人だ。実力も申し分ないしな」

とはいえ、おれよりフェリクスのほうがリオンとの付き合いは長いんだし、おれから言うことなんてなにもないんだよねー。というか彼、めっちゃいい人だし。

むしろ、相手がガゼルじゃなくて別の黒翼騎士団の団員だったら、素直にリオンを応援してあげていたとすら思う。ガゼルが相手だと思うと、もやもやとしてしまうのだ。

だが、おれの答えにフェリクスの纏《まと》うオーラが、何故かますます殺気染みたものになる。

「では、タクミは、リオン団長が告白をしたらどうするおつもりなのですか？」

「うん？　そうだな……こういう状況じゃなければ、彼の恋を応援していたとは思うが。どうするかというのは、なってみないと今はまだ分からないな」

「──応援、ですか」

おれの言葉に、フェリクスがギシリと硬直する。

え？　な、なにこの空気？

おれの答え、そんなに変だった？

でも、あの、そもそもおれは、ガゼルとフェリクスに告白されているのにいまだ答えを出せていない中途半端な人間でして……そんなおれがリオンの恋路にどうこう言う資格はない。

かと言っておれの立場上、リオンの恋を応援するのもおかしいし……

「ではつまり……現時点ではタクミは、リオン団長の想いを受け止めることもあり得る、と」

「え？　まぁ、そうだな」

「ッ……！」

なんか難しい言い回しだけど、『想いを受け止める』っていうのは、リオンがガゼルに愛を告白するのを許容するか否かってことだよね？

そりゃ、リオンがガゼルに真剣に告白をしようというなら、おれはそれを見守ることしかできない。中途半端なおれに、口を挟む権利などあるわけがないのだから。

だが、何故かフェリクスはおれの返答に表情を強張らせた。

おれはそんな彼に困惑しながら、口を開く。

「フェリク――」

だが、彼の名前を最後まで呼ぶことはできなかった。

フェリクスはおれの腰を抱き寄せると、噛みつくようにキスをしてきたからだ。

「んっ……!?」

フェリクスの唇がおれの唇を塞ぐ。彼の唇は同性のものとは思えないほどしっとりとやわらかく、熱い。

突然のキスに驚き、おれは慌てて彼の肩を押し返す。

「っ、フェリクスっ……？」

唇を離したフェリクスを、どうしたのかと見上げて、ぎょっとした。

フェリクスが今にも泣き出しそうな顔をしていたからだ。初めて見る表情に、おれは完全にパニックになった。

「ど、どうしたフェリクス？　どこか痛いのか？」

おろおろと狼狽《うろた》えながら、どうしていいか分からず彼の顔に触れる。すると、フェリクスは両腕をおれの身体に回してぎゅうっと抱きすくめた。

身長差があるので、自然と彼の胸に鼻先を埋める格好になる。

訓練の後なのに、フェリクスの身体からは蜜のような甘い香りがした。汗の香りに混じるそれは、きっと隊服に焚いている香なのだろう。フェリクスらしい、人の心をなごませるやわらかな香りだ。

「すみません、タクミ……」

「フェリクス？」

「……この先、貴方がどういう答えを出そうとも、それを受け止める覚悟はできているつもりでした。ですが……」

おれの身体を抱きしめるフェリクスの腕の力が、いっそう強くなる。

間近に迫るフェリクスの顔を見れば、紫水晶色の瞳が切なげな光を宿して揺れている。

「ですが……いつか貴方が私のもとから離れていく日が来るのかもしれないと思うと、それがとても耐え難くて……」

「フェリクス……」

おれはいまだに困惑しながらも、悄然《しょうぜん》とした彼をゆっくりと抱きしめ返した。

「……おれはフェリクスにそんな風に言ってもらえるほど、価値のある人間じゃないぞ」

「そんなことはありません。私にとって貴方は他のなににも代え難い、大事な人です」

「ふふっ……そうか？　フェリクスがそう言ってくれるなら、おれも自分に自信が持てる気がするな」

そう微笑むおれを、フェリクスは眉尻を下げて、弱々しく見下ろしている。

ところでさ。おれたち、今はなんの話をしてるんだっけ？

さっきまでは、リオンがガゼルに告白をするらしいって話だったよな？

それがどうして、覚悟がどうのこうのなんていう話に……？

……あっ。もしかして、フェリクスはおれに、リオンがガゼルに告白することを一緒に反対してほしかったのかな？

察するに、フェリクスは『タクミは私たちのガゼル団長が、リオン団長にとられてしまってもいいのですか!?』ってことが言いたいわけだ。

ところが、おれがあまりにも中途半端な返事だったことと、自分と意見を共にしてくれなかったことでショックを受けたのだろう。

えー、なんだよもう！　フェリクスも可愛いところがあるんだな～～！

ガゼルがリオンにとられちゃうかもしれないことが、そんなに寂しかったのかよー！　このこの～～！

……まぁ、でもそうだよな。ガゼルはおれたちにとって仲間であると同時に、黒翼騎士団という群れを率《ひき》いるリーダーだ。

そんなガゼルがよその騎士団の人と添い遂げることになったら、皆、祝福する気持ちと同時に一《いち》抹《まつ》の寂しさを感じるだろう。よくも悪くも、黒翼騎士団は仲間意識が強いのだ。

それが副団長であるフェリクスともなれば、寂しさはひとしおに違いない。

そんな気持ちを誰かと共有したくて、『ガゼル大好き同志』として、その相手にフェリクスはおれを選んでくれた。なのに、当のおれが曖昧《あいまい》な返事しかしなかったので、フェリクスは業を煮やしてしまったというわけだ。

ご、ごめんなフェリクス！

でも、今のおれはこの世で一番、誰の恋路にも口を挟む権利はない男なわけでして……！

「フェリクス……」

おれは彼の名前を囁《ささや》くと、その広い背中を掌でぽんぽんと叩いた。

「おれはリオンの件について、今はなにも言えることはない。ただ……おれはフェリクスもガゼルも大好きだ。今はそれで許してくれないか？」

「タクミ……」

うんうん。おれもフェリクスと同様、ガゼルのことは大好きだぜ！

もちろんフェリクスのこともな！

けどさ、リオンが真剣にガゼルに告白したいって言うなら、それはそれで温かく見守ってあげようじゃないか。

……でも、ガゼルは昨日ああ言ってくれたけど……もしも本当にガゼルがリオンとお付き合いすることになって、それでガゼルが黒翼騎士団を寿退職でもしたらどうしよう？

すべての前言を撤回して、大泣きしながらガゼルを引き留める自分の姿が目に浮かぶようだな。

「……ありがとうございます、タクミ。不安になるあまり、みっともない姿をお見せしてしまいました」

フェリクスはようやく穏やかな微笑みを見せてくれた。

いつもの彼らしい、薔薇《ばら》の花が綻《ほころ》ぶような微笑みに、ようやくおれもホッとする。

「なにを言うんだ。フェリクスがあれでみっともないなら、おれは醜態《しゅうたい》ばかりをさらし続けているぞ」

「ふふっ、ご冗談を」

笑みを零すフェリクスに、自分の肩から力が抜けていくのが分かった。

よかった。やっぱりフェリクスは笑顔じゃないとなぁ。

フェリクスにつられておれも微笑みを浮かべると、フェリクスが嬉しそうに目を細めた。そして、おれの身体に回す腕の力を強める。

その時、ふと、フェリクスの瞳がおれの首筋に留まった。

そしてその紫水晶色の瞳をわずかに見開く。

「タクミ――その痕は？」

「痕？」

フェリクスの視線を追う。すると、はだけたシャツから見える位置、鎖骨のすぐ上あたりに、赤い痕がついていた。今まで服の下に隠れていたが、フェリクスに抱きしめられたことで襟がよれ、表に出たようだ。

しかし、なんだコレ？　虫刺されか？

「そういえば、貴方は昨夜、ガゼル団長に呼ばれていましたね」

「ああ、そうだが……？　っ、ぁっ……！」

いきなり、フェリクスがおれの首筋に顔を寄せた。

そして、赤い痕がついているほうとは反対の場所に唇を寄せると、ちゅっと音を立てて薄い皮膚に吸い付く。

「んぅッ！　フェ、フェリクスっ……！」

「ふふ……相変わらず貴方は敏感ですね。昨夜は、ガゼル団長にもそのような甘い声を聴かせて差し上げたのですか？」

フェリクスが顔を離すと、そこには反対側と同じように赤い痕がついていた。

ちょうど左右対称になるように散った赤い痕をそれぞれ見比べ、ようやくおれはソレが虫刺されではなく、ガゼルが昨夜つけたキスマークだということに気が付いた。

い、今まで全然気付かなかった！

ガゼル、いったいいつの間に……！

愕然とするおれを前に、フェリクスは指先で、自分がつけたばかりのキスマークをそっとなぞる。

おれがピクンと身体を震わせると、その指はもっと下に滑り落ちていった。

「あっ……！」

シャツ越しに胸の突起を弄《いじ》られ、甲高い悲鳴が零れる。

フェリクスの指先から逃れようと後ずさりしたが、後ろの書棚にどんと背中がぶつかってしまう。

正面にはもちろんフェリクスがいるためにどこにも逃れられない。

「っ、フェリクスっ……！　ここでは、その……誰か来るかもしれないから」

「この時間に、わざわざ資料室に来る物好きがうちの団にいるとは思えません」

「だ、だが……」

「それに——タクミは昨夜、執務室でガゼル団長と一緒だったのでしょう？」

再びおれの鎖骨を指先でゆっくりとなぞりながら、フェリクスはからかい混じりに微笑む。けれど、その声にはほんの少し拗ねたような響きが込められていた。

「ガゼル団長にだけ触らせて、私は駄目なのですか？　私もタクミに触れたいです」

「う……」

「最後まではしませんから。ね？」

そう言われてしまうと、フェリクスを押しのけるわけにもいかない。

フェリクスは掌をおれの下腹部に滑らせてきた。そして、手早くズボンと下着をくつろげてしまう。

「おや」

フェリクスはそこで、驚いたような、そして嬉しそうな声をあげた。

原因は分かっている。おれの陰茎が緩く反応を示していたからだ。

「ふふっ……これは今の私の愛撫で、ですか？　嬉しいですね」

にっこりと微笑むフェリクスだが、おれはあまりの恥ずかしさでなにも答えられなかった。

鏡を見れば、今のおれの顔は真っ赤になっていることだろう。

「可愛い人ですね、貴方は」

フェリクスは、指先でおれの前髪をかき分けると、あらわになった額にちゅっと音を立ててキスを落とした。同時に、反対の手で淡く芯を持ち始めている陰茎に触れる。

「っ……！　ふ、ぁっ」

「あまり声を我慢しないでください、タクミ」

「で、でも、誰か来るかもしれないだろ……んっ、ぅ」

フェリクスはそう言うものの、万が一という可能性を考えると、声を出すのが怖い。

しかし、今この瞬間にもフェリクスがおれの陰茎に指をまとわりつかせ、ぬるぬると扱《しご》き始めたので、声を完全に堪えることはできなかった。

「ひうっ!?」

フェリクスが人差し指で、先端を撫で上げる。瞬間、痺《しび》れるほどの快楽が全身に奔《はし》り、大きな声をあげてしまった。

慌てて自分の唇を噛みしめようとすると、口内に温かいものが入り込んでくる。

「タクミ、自分を傷つけるような真似はしないでください、それは私の本意ではありませんから」

「もしも声を出しそうになったら、私の指を噛んでいていいですから」

そう言って、フェリクスはおれの口に含ませた人差し指で、ゆっくりと舌のやわらかい部分をなぞってくる。

そんな場所を他人の指で触れられるなんて初めてで、ぞわぞわとした奇妙な痺《しび》れが背筋を駆け抜けていく。

「っ、んむっ……」

だが、噛んでいいと言われても、フェリクスのきれいな白い指に歯を立てることなんてできない。かといって、フェリクスの指を吐き出すことも叶わず、おれは中途半端にフェリクスの指を唇で食《は》んだ状態になる。

はたから見れば、おれがフェリクスの指をしゃぶっているように見えるだろう。

そんなおれを見下ろして、フェリクスは陶然とした微笑を浮かべた。

「ふふっ、貴方は本当に優しいですね。では——感じやすい貴方が、どこまで我慢できるか試してみましょうか」

「んぅっ……!?」

フェリクスは、今度は五本すべての指を陰茎に絡ませた。

雁首《かりくび》や亀頭《きとう》を指の腹でくすぐるように触れる。愛撫というには物足りない。

けれども敏感な部位に断続的に与えられる刺激に、おれはフェリクスの指を咥《くわ》えたまま熱い吐息を漏らす。

「タクミは相変わらずここが弱いですね。まだ全然触っていないのに、濡れてきましたよ」

彼の言う通り、おれの陰茎は先端から先走りを溢れさせ始めていた。

フェリクスは透明な蜜を人差し指ですくうと、鈴口に先走りをぬるぬると塗り付けるようにして、指の腹を上下させた。

「ん、んんっ！　ん、ぅーーッ！」

「ここも貴方の弱点ですよね。ほら、こうされるともっとよいでしょう？」

するとフェリクスは、亀頭《きとう》に掌をぴったりと押し当てた。そして、掌をクルクルと回し始める。もっとも敏感でやわらかな部分を、掌でこそげるようにして愛撫される。あまりの刺激に、先端は先走りをぷしゃりと零した。

見れば、フェリクスの袖口にまで先走りがかかり、濡れてしまっている。

しかし、彼はそれを気にした風もなく、むしろ愉しげに瞳を細めて、おれの顔を食い入るように見つめていた。

「ああ、タクミ……なんて顔をするのですか。今の貴方、頬を真っ赤にして、涙に濡れた瞳が黒水晶のようで、私の指を必死に咥《くわ》えて……最後まではしないと約束をした自分の言葉を撤回したくなります」

「んっ、ぅ、んんんッ！」

優しげな言葉とは裏腹に、フェリクスが与えてくる快楽は痛みに近いくらいだった。

亀頭《きとう》をぬるぬると掌で撫で回したかと思えば、今度は鈴口に人差し指を立てて、指の腹を滑らせる。

しかもフェリクスが触るのは性器の上部だけで、その下にはけっして触れようとしない。

「うん、ぅむっ、んんっ……！」

そのため、じわじわとした灼《や》けるような快楽を抱くものの、射精に至るまではない。

同じ男なのだから、フェリクスはおれの辛さは充分に理解しているだろうに、それでも亀頭《きとう》をぬるぬると擦《こす》り続けるのを止めようとしない。

「んっ……ぅっ……！　んっ、んんんぅーーーっ！」

そして、フェリクスの指先が、断続的に鈴口だけをチュクチュクと弄《いじ》り続けた時、おれにとうとう限界が訪れた。

フェリクスが触れたままの鈴口から、ぷしゃああっと透明な液体が噴き出たのだ。

だが、それは精液ではなく、床をしとどに濡らすほど溢れ出る。身体が浮遊感に包まれ、頭が真っ白になった。

「んっ、ぁ、んんんっ……！」

がくがくと膝が揺れ、崩れ落ちないように必死でフェリクスにしがみつく。もう限界だ。

しかし、フェリクスはその合間にもおれの陰茎を指で攻め立てた。

「んぁッ!?　ひ、ぅ、んっ……！」

おれは身体を痙攣《けいれん》させながら、ぷしゃぷしゃと透明な潮を噴き続ける。

感じすぎて辛い。涙が溢れてボロボロと頬を伝う。しかし、フェリクスは、吸蜜するように目尻にたまる涙を吸い上げ、再び先端に人差し指を押し当ててきた。

「タクミ、ほら。こうするともっと気持ちいいでしょう？」

「ぁっ、んっ……んぅうッ！」

噴き出した潮を潤滑油にして、鈴口、亀頭《きとう》、雁首《かりくび》と、敏感な部位に指をぬるぬると這《は》わす。

あっという間に性感が高められ、おれはなすすべもなく、二回目の潮を噴き出した。

「ひっ……ぁっ……」

フェリクスの手が離れると、もう立っていることさえできなくなった。

咥《くわ》えていたフェリクスの指を口から零し、背中を書棚に預けて、ずるずると床に座り込む。

服を整えることも叶わず、おれは床に手をついたまま肩でぜぇぜぇと息をした。

するとその時、遠くから鐘の音が響いた。

お昼休憩の終了を告げる合図である。

……これ、もしかしておれもフェリクスも、お昼ご飯を食べ損ねたのでは？

SIDE　黒翼騎士団副団長フェリクス

「――突然お呼び立てして申し訳ありません、タクミ。訓練が終わった後でもよかったのですが……あまり人には聞かれたくない話でしたから。この時間、この棟は人がおりませんので」

「ああ、おれは大丈夫だ」

突然呼びつけられたことに対して、タクミが気分を害した様子はなかった。

そんな彼にホッと安堵の息を吐く。

こんなことで不機嫌になるような人ではないとは分かっているけれど、それでも彼に不愉快な思いをさせてしまったらどうしようかと不安だったからだ。

……つくづく、人生とは奇妙なものだ。自分が他者に対してこのように心を揺り動かされる日が来るなんて、思ってもみなかった。

自分の目の前にいる青年――タクミは不思議な人だ。

黒髪黒目の容姿は珍しいが、それだけではない。

彼との出会いは数ヶ月前。海賊バドルドの討伐任務の際に、彼が助太刀をしてくれたことがきっかけだ。それを契機に黒翼騎士団へ入団したタクミだが、いまだに彼については謎が多い。その実力すらようとして計り知れない。

先日の一件もそうだ。自分とガゼル団長と共に東門から出た街道沿いの草原に遠乗りに行った。

そこまではいい。

だが、突然、タクミは馬を駆って走り出してしまった。その勢いたるや一陣の疾風の如く、あっという間に彼の姿は点のようになってしまった。慌てて私とガゼル団長が後を追ったが、走っている彼に追いつくことはできなかった。

出会ったばかりの頃は馬になんて乗ったことがないと言って、私の馬に相乗りをしていたのに……いったい、いつの間にあれほど馬術を上達させたのだろうか？

しかも、驚かされたのはそれだけではない。

彼の駆け出した先では、なんと白翼騎士団がグレートウルフの群れと戦闘中だったのだ。

私はその現場を見ていなかったものの、タクミは戦場にたどり着くと、迷いのない動きで持っていた刀を投擲《とうてき》し、グレートウルフを見事に串刺しにしたという。そのおかげで、白翼騎士団の一人の団員が命を助けられたそうだ。

……つくづく、タクミはとらえどころのない人だった。

どんな手ごわい敵を目の前にしても無表情のまま、冷徹とも言える態度を崩さない。

かと思えば、今回のように自分から身を投げ出すようにして戦地に飛び込んでいく。その際の彼は、自分を顧《かえり》みず、一心不乱に敵に突っ込んでいって、さながら狂戦士のような戦いぶりだった。

だが、戦闘狂のような手合いともまた違うのだ。むしろ、平時の彼は誰よりも戦いを厭《いと》い、平穏をこよなく好んでいた。

そして——

「おれのことは気にしないでくれ、フェリクス。それに、本当はおれのほうが声をかけるべきだった」

そう言って、タクミが私に対して頭を下げた。

「おれを呼んだのは、昨日のリオンとの会話をおれが聞いてしまったからだろう？　盗み聞きのような真似をしてすまなかった」

「あ、頭を上げてください。タクミがわざとではなかったのは分かっていますから……！」

私は呆気にとられた後、慌てて彼に頭を上げるように促した。

本当に……読めない人だ。

まさか、タクミから謝られるなんて思ってもみなかった。

無論、自分がここに彼を呼び出したのは彼に謝罪を求めるためではない。あそこに彼がいたのは偶然だったと分かっている。

「貴方に謝罪をしてほしくてここに来てもらったわけではないのです。誤解をさせるような真似をして申し訳ありません、タクミ」

「いや、おれは……」

「あの時、貴方に気が付かなかったこちらにも非がありますから。それに、私が気になっていることはそこではなくて……。その……タクミは、私とリオン団長の会話をどこまでお聞きになったのでしょうか？」

そう。私が彼をここに呼んだのは、その一点を聞きたかったからだ。

昨日の私とリオン団長の会話――あれをタクミがどこまで聞いてしまったのかを知りたかった。

……このような真似は卑劣《ひれつ》だと分かっている。

自分はタクミに愛を告げた身ではあるが、彼から正式な返事を貰っているわけではない。恋人同士でもない自分が、彼を束縛する権利はない。

それでも——どうしても知りたかった。

あのリオン団長の言葉を聞いて、タクミがどう思ったのか。

どんなに鈍い男でも、あそこまではっきりとした言葉を聞けば、リオン団長の想い人がタクミであるということはすぐに分かるだろう。

とりわけ、本人ならなおさらだ。

「あー……悪いが、主要な部分はほとんど聞いてしまったと思う。その……リオンには惚れている男がいるという部分はばっちり聞いてしまった」

「っ！　そ、そうでしたか……」

彼から隠すようにしてぎゅうっと拳を握りしめる。

やはり、彼は聞いてしまっていたのだ。

動揺を隠せない自分に対し、タクミはなおもすまなそうな表情で言葉を続けた。

「その……本当に申し訳なかった、フェリクス。もしも叶うなら、リオンにも話を聞いてしまったことを謝りたいと思ってるんだが、おれには彼と会う伝手《つて》がなくて……」

「……え？　リオン団長に謝りに行くのですか？　昨日の話を聞いたことを……？」

……タクミが真面目で律儀な性格だとは知っていましたが、ここまでとは。

それは、リオン団長からしたら、想い人本人から「貴方が好きな人がおれだっていう話をうっかり聞いてしまった。申し訳ない」と謝られるわけですよね？　そんな状況、恋敵とはいえ、さすがにリオン団長が気の毒ですね……

そう思い、タクミにやんわりと謝罪に行くのは止めるように伝えると、彼は少し考えた後で頷いてくれた。

「そうか、分かった。なら、昨日の件はおれの胸に秘めておこう」

その言葉に、再び自分の胸はかき乱される。

「……胸に秘めるというのは、その……タクミは昨日のリオン団長のお言葉を不快には思っていない、ということですか？」

「不快だとは思わなかったな。突然の話で驚きはしたが」

「そ、そうなのですか……」

鈍器で頭を殴られたようなショックを受けた。ギリギリと心臓が絞られて、頭の中が赤く染まっていく。私は、なかば息苦しさにあえぐようにして、彼に質問を続ける。

「……タクミは、リオン団長のことはどう思っておられるのですか？」

自分の質問に対し、タクミは少し黙考した後、さらりとした口調で答えた。

「リオンについては……そうだな、好ましく思ってるよ。権力を笠に着るようなところもなくて、いい人だ。実力も申し分ないしな」

っ……！

気が付けば、自分の掌に爪が突き刺さるほどに拳を握りしめていた。

あのリオン団長の言葉を聞いて、そう答えるということは……タクミも、リオン団長のことは憎からず想っている証だ。恋愛感情を抱いているわけではないようだが、でも、それは自分に対してもそうだ。

私はタクミからはっきりとした恋愛感情を向けられたことはない。

ただ――自分が一方的に彼を想っているだけだ。

「ではつまり……現時点ではタクミは、リオン団長の想いを受け止めることもあり得る、と」

「え？　まぁ、そうだな」

「ッ……！」

気が付けば、彼の腰を抱き寄せて覆いかぶさるように口づけていた。

「んっ……!?」

タクミの唇に自分の唇を押し付ける。錯覚かもしれないが、例えようのない甘さを感じた。

けれど、そんな至福の一時はすぐに終わってしまう。タクミが私の肩を押し返したからだ。

「っ、フェリクスっ……？」

普段ほとんど表情を動かさない彼が、困ったように私を見上げる。

「ど、どうしたフェリクス？　どこか痛いのか？」

自分がどんな表情を浮かべているかは分からなかったが、タクミはおろおろと私の顔に触れてきた。

その優しさが嬉しかったが、同時に私の胸を焦がした。

彼がこんな風に優しくするのは、私だけではないからだ。昨日、あの白翼騎士団のオレンジ色の髪の青年に対しても、タクミは優しく声をかけていた。それに、リオン団長にも――……

「すみません、タクミ……」

「フェリクス？」

「……この先、貴方がどういう答えを出そうとも、それを受け止める覚悟はできているつもりでした。ですが……」

タクミは、まだ、リオン団長の想いに応えると決めたわけではない。

けれど、リオン団長が真剣に愛の告白をしてきた時には、その想いを真摯に受け止めて答えを出す。その結果、リオン団長と共にあることもあり得る——と、彼は言ったのである。

衝動に突き動かされるがまま、私は彼に口づけていた。

けれど、いくら唇を味わっても、この胸の内に湧き上がった濁《にご》った思いは消えなかった。不安でたまらない。

私は、タクミを腕の中にぎゅうっと抱きしめる。それでもまだ足りなかった。

もしも。もしも、タクミがリオン団長に気持ちを傾けてしまったら——そう想像するだけで、身体が芯から冷えていくような心地になるのだ。

そうなる前に、このまま彼をどこかに連れ去って、閉じ込めてしまいたいとすら思う。

「ですが……いつか貴方が私のもとから離れていく日が来るのかもしれないと思うと、それがとても耐え難くて……」

「フェリクス……」

困った顔で私の名前を呼ぶタクミ。

その表情が、声音が、どうしようもなく愛おしい。

……タクミの実直な考え方は、褒められ、貴ばれるべきものだ。

それに私もガゼル団長も、タクミから正式に告白に対する返事を貰えたわけではない。そんなタクミの考えに異論を唱えることなどできようはずもない。

けれども、私は期待していたのだ。

タクミが――「リオン団長に対してそういった気持ちは持っていない」と断言してくれることを。

……これまで彼は、私やガゼル団長との行為を、嫌がるそぶりを見せたことはなかった。顔を赤くして恥ずかしがる様子はたびたびあったものの、深刻に拒否をされたことはない。

それどころか最近は、むしろキスや軽いスキンシップについては、嬉しそうな顔をしている時もあったのだ。だから、心のどこかで淡い期待を抱いていた。

他の誰でもなく、私にその愛を注いでくれるのではないかと。

けれど……

しばらくそうしてタクミを抱きしめていると、彼がおずおずと私の背中に腕を回してきた。

「……おれはフェリクスにそんな風に言ってもらえるほど、価値のある人間じゃないぞ」

「そんなことはありません。私にとって貴方は他のなににも代え難い、大事な人です」

「ふふっ……そうか？　フェリクスがそう言ってくれるなら、おれも自分に自信が持てる気がするな」

肩を竦めて、くすぐったそうに笑ってみせるタクミ。

日頃から思うのだが、彼は自分に対する自己評価が低いところがある。謙虚さはタクミの美徳でもあるが、時々、それが非常にもどかしくなる。

「フェリクス……」

黙ったままでいると、タクミは私の背中に回した腕で、なだめるように私の背中を叩いた。

まるで、泣いている幼い子供を慰めるような、優しい手だった。

「おれはリオンの件について、今はなにも言えることはない。ただ……おれはフェリクスもガゼルも大好きだ。今はそれで許してくれないか？」

「タクミ……」

彼の優しい声に安堵すると同時に、温かな気持ちが胸に満ちる。

淀《よど》んだ暗闇の中に、ぽっとほのかな明かりが灯ったようだった。

「……ありがとうございます、タクミ。不安になるあまり、みっともない姿をお見せしてしまいました」

……タクミに気付かれないよう、ゆっくりと息を吐き、そしてなんとかいつも通りの微笑を浮かべる。

すると、タクミはホッとしたように肩から力を抜いた。

「なにを言うんだ。フェリクスがあれでみっともないなら、おれは醜態《しゅうたい》ばかりをさらし続けているぞ」

「ふふっ、ご冗談を」

なんとか冷静さを保って、にこやかな態度を維持する。

そうしていないと、自分の胸の内を彼に向かって吐露してしまいそうだった。

こんなに醜《みにく》く、自分勝手な期待を抱いていたことを、彼には知られたくない。

……いや。聡《さと》いタクミのことだ。

きっと、私のこんな醜悪《しゅうあく》な願いにはとっくに気が付いているのだろう。

それでもなお、彼は私にああ言ってくれたのだ。

恋愛感情ではないにせよ、私とガゼル団長のことを「大好きだ」と言ってくれた彼に対して、これ以上情けない姿を見せるわけにはいかない。

そう考え、なんとか普段通りの自分を取り繕おうとしたところで——彼のシャツの襟から覗くものが目に入ってしまった。

まだ大人になりきらない、あどけなさをわずかに残す首筋。

その下へと続く、形の良い鎖骨の、少し上あたりに、赤い痕がついていた。誰が見ても分かる、それは明らかな所有痕だった。

「タクミ——その痕は？」

「痕？」

「そういえば、貴方は昨夜、ガゼル団長に呼ばれていましたね」

「ああ、そうだが……？　っ、ぁっ……！」

タクミの身体をぐいと引き寄せ、その甘く匂い立つ首筋に顔を寄せる。

そして、ガゼル団長の残した所有痕とは反対側の位置に唇を押し当てると、やわらかな皮膚を強く吸った。

「んぅッ！　フェ、フェリクスっ……！」

「ふふ……相変わらず貴方は敏感ですね。昨夜は、ガゼル団長にもそのような甘い声を聴かせて差し上げたのですか？」

甲高い声が響く。

必死で私の名前を呼ぶ声があまりにも可愛くて、手を伸ばし、シャツの上から彼の胸に触れる。

シャツ越しに胸の飾りをコリコリと弄《いじ》ってやれば、タクミはますます甘い声をあげた。

「あっ……！　っ、フェリクスっ……！　ここでは、その……誰か来るかもしれないから」

「この時間に、わざわざ資料室に来る物好きがうちの団にいるとは思えません」

「だ、だが……」

「それに——タクミは昨夜、執務室でガゼル団長と一緒だったのでしょう？」

わずかな嫉妬を込めてそう告げると、タクミが気まずそうに押し黙った。

「ガゼル団長にだけ触らせて、私は駄目なのですか？　私もタクミに触れたいです」

「う……」

「最後まではしませんから。ね？」

しぶしぶといった様子ではあったが、タクミは頷いてくれた。

自分に身体を許してくれる彼に、安堵を覚える。同時に、自分の頼みを素直に聞いてくれる健気さが愛おしかった。

タクミの気が変わらない内に、手早く彼の下衣をくつろげる。

すると、意外にもそこは緩く芯を持ち始めていた。

「おや……ふふっ……これは今の私の愛撫で、ですか？　嬉しいですね」

からかうように囁《ささや》くと、タクミの顔は真っ赤になった。

そして、恥ずかしそうに視線をさまよわせる。

彼のそんな初心《うぶ》な反応がたまらなくて、ついつい虐めたくなる。

陰茎に指を滑らせて、その敏感な先端をぬるぬると擦《こす》ると、案の定、タクミは嬌声をあげた。

「ひうっ⁉」

素直な反応が嬉しい。このまま私の手でもっともっと乱れさせたい。

湧き上がる劣情を胸に彼の顔を覗き込むと、タクミは唇を噛んで声を抑えようとした。

私は慌ててタクミの手を取り、自分の指を彼の口内に含ませる。彼のことを傷つけたいわけではないのだ。

「タクミ、自分を傷つけるような真似はしないでください、それは私の本意ではありませんから」

「ん、ふっ……」

「もしも声を出しそうになったら、私の指を噛んでいていいですから」

だが、優しい声で諭しても、タクミは私の指を噛もうとはしなかった。それでも指を抜くことはせず、困ったように私の指を食《は》んだままだ。

自分の指にタクミのやわらかな舌が触れる感覚に、ぞくぞくと背筋が粟立《あわだ》つ。今すぐ指を抜いて、別のものをその口に食ませたくなったが、その欲求をなんとか抑えつける。

代わりに、指を動かしてタクミの舌や歯列を指先でそっとなぞった。すると、タクミはぴくりと身体を震わせて、どうしたらいいのか分からないという顔で私を見つめてくる。

「ふふっ、貴方は本当に優しいですね。では――感じやすい貴方が、どこまで我慢できるか試してみましょうか」

「んぅっ……!?」

指を含ませているのとは反対の手で、タクミの陰茎を扱《しご》く。

幹には触らずに、先のやわらかくて敏感な部位だけを、くすぐるように弄《いじ》る。

タクミの陰茎はすぐに先走りをぽたぽたと溢れさせ始めたが、竿《さお》を扱《しご》いているわけではないので射精にはほど遠い。

もどかしいのだろう、タクミの陰茎が切なげにふるりと揺れた。

だが、それでもまだ直接的な快楽は与えない。鈴口から溢れる先走りを指の腹ですくい、その小さな口をぬるぬると擦《こす》り上げる。

そうすると、透明な先走りがよりいっそう溢れ始めたが、それでも私は雁首《かりくび》より下の部位には触れなかった。

だんだんとタクミの声が悲鳴に近いくらいの嬌声になったものの、むしろ、その声が自分の胸の中の空洞を満たしていくようで心地よかった。

彼を虐めすぎている自覚はあったが、止められない。

せめて今だけは、彼が自分のものだと錯覚していたかった。

「んっ……ぅっ……！　んっ、んんんぅーーーっ！」

だから。最終的に、タクミが潮をぷしゃりと噴き上げても、私は手を止めることができなかった。

「んぁッ!?　ひ、ぅ、んっ……！」

がくがくと膝を揺らしたタクミは、立っているのが辛いようで、私に両腕でしがみついてくる。

そんな彼の、潮を噴いている最中の鈴口に人差し指をぴとりと押し当てると、再び敏感な先端をくちゅくちゅと指で攻め立てる。

タクミはなすすべもなく、頬を上気させ、唇の端から唾液を零す。そして、追い上げられるがまま二回目の潮を噴き出した。

「ひっ……ぁっ……」

瞬間、彼の口に咥《くわ》えさせていたままの指に軽い痛みが走る。

タクミの口から指を引き抜くと、そこには赤い痕がついていた。歯形がついているものの、血は出ておらず、傷にもなっていないため、しばらくすれば消えるだろう。

……少しだけ残念に思う。傷になっていればよかったのに。

「はっ、ぁ……」

人差し指から意識を離してタクミを見れば、彼は背中を書棚に預けてずるずると床に座り込むところだった。

下着を整える余裕もないようで、肩でぜぇぜぇと息をしている。

そんな彼の姿に、背中にひやりと冷や汗が滲んだ。

「タクミ、大丈夫ですか？」

しまった、やりすぎた。ここまで追い込むつもりはなかったのに。

慌てて床に膝をついて、彼の顔を覗き込む。ぼんやりとしていたタクミだったが、しばらくしてからようやく視線が合った。

「っ、ぁ……フェリクス」

「すみません、タクミ。少しやりすぎてしまいました。……立てますか？」

私の言葉にふるふると首を横に振るタクミ。

その視線がふと、私の手に留まった。そして、愕然とした表情を浮かべる。

「ぁ――すまない、フェリクス」

「え？」

「つい、指を噛んでしまった。痛くなかったか？　痕になってるよな、すまない」

痕の残っている指に気付いて、こちらを気遣わしげに見つめてくる。

一瞬、私は思考が停止した。だが、次の瞬間には再びタクミを両腕で抱きしめていた。

「っ、フェリクス……？」

「……貴方は本当に優しい人だ、タクミ」

あまりにも健気でいじらしい。リオン団長に嫉妬していた自分があまりにも情けなく、恥ずかしくなる。

「貴方が謝る必要はありません。謝るのは私のほうです、タクミ」

「ん？　昼食のことか？　まぁ、午後は座学だから一食ぐらい食べ損ねてもおれは別に……」

タクミの言う通り、先ほど昼休憩の終了を告げる鐘の音が響いていた。

だが、もちろん私が言っているのはそのことではない。そんなことはタクミだって分かっているだろうに、冗談でこちらの気を和ませてくれようとしているのだろう。

生憎《あいにく》、お世辞にもあまりうまいとは言えない冗談だったが、その気遣いに和まされた。

「タクミ……本当に申し訳ありませんでした。私は、貴方の優しさに甘えすぎていたようです」

「……え？　いや、だからおれは本当に――」

「私はしばらく、貴方と距離を置くようにします。このままでは、貴方の優しさに甘えるばかりで、貴方を傷つけることになってしまいそうですから……」

「っ!?」

このままではいけない。

このままでは、自分は嫉妬をタクミに叩きつけるようになるだろう。決定的に彼を傷つける前に、自分を鍛え直したい。

本音を言えば、彼と距離を置くことを考えただけで、胃の腑《ふ》がねじ切れそうな心地だ。でも、そうするしかない。せめて自分の感情をコントロールできるようにならなければ、彼にふさわしい男にはなれない。

「フェ、フェリクス？　おれは本当に――」

言葉を続けようとしたタクミを視線で制し、黙って首を横に振る。

そうして、彼の服を着せるのを手伝い、汚れた床や衣服をきれいに片づけると、私はタクミに再び向き直った。タクミは黒々と濡れた瞳で、こちらを不安げに見上げている。

「タクミ……それでは、また後ほど」

キスしたい気持ちをぐっと堪えて、代わりに、タクミの頬を一度だけそっと撫でた。

そして、断腸の思いで背を向けて歩き出す。

部屋を出てドアを閉めて、ひと気のない廊下を歩きながら、先ほどタクミの頬を撫でた掌を見つめる。

人差し指についていた歯形の痕は――もう、ほとんど消えかけていた。

◇

フェリクスになんか唐突に絶縁宣言されたんですけど――!?

なに、なんでどうして!?　おれ、なにか悪いことした!?

お、おれがなにかしたんなら、土下座で謝るしなんでもするし、反省文だって何枚でも書くから言ってくれフェリクス！

ハッ……もしかして、あれか!?　お昼ご飯の件か!?

さっき、フェリクスがなんかいきなり謝ってきたから、「え、お昼休憩が終わっちゃったことかな？　まぁ、午後は座学だし一食ぐらい食べなくても死にはしないって！　平気平気！」って感じのことを言ったんだけど……

もしかして、それが嫌味っぽく聞こえちゃったのか⁉

た、確かにここにおれを呼んだのはフェリクスだから、それでおれたちは昼食を食べ損なったと言えるかもしれないけれど……でも元はと言えば、おれが昨日の二人の話を立ち聞きしちゃったのが悪いのに……

おれはふらつく足腰に力を込めて立ち上がると、資料室を出た。

少し期待をしていたのだが、部屋の外にはフェリクスはいなかった。彼は先に行ってしまったようだ。

め、めちゃくちゃ寂しい……！

フェリクスに置いてかれたことなんか今まで一度もなかったのに……正直、こっちのほうが昼食を食べ損なったことよりもショックだ……

「——あ、いたいた！　タクミ、今大丈夫？」

ため息をつきながらとぼとぼと歩いていると、教習室へ続く廊下の奥から、おれの名前を呼ぶ声が聞こえた。

見ると、そこにいたのは黒翼騎士団の幹部の一人、軍師を務めているイーリスだった。彼はこちらに駆け足気味でやってくる。

れる。

「イーリス、どうかしたのか？」

「たいした用件じゃないんだけど……あらっ、タクミ、なんか顔色悪いわね。なにかあった？」

イーリスは、おねぇ口調と人好きのする気さくな性格で、出会った時からいろいろとよくしてくれる。

端整な顔立ちときめ細やかな白い肌に、肩口まで伸ばした赤紫色の髪。口調や物腰は女性よりも女性らしくなまめかしさすらあるが、その黒い隊服の下の身体はしなやかに鍛え上げられている。戦闘時には細剣や投げナイフで戦うが、彼がナイフを外したところをまだ一度も見たことがない。

「そう見えるか？　多分、午前の訓練で疲れたからかな」

「そうなの？　じゃあ、だからかしら……フェリクスからの頼まれ事なんだけどね。午後の座学は出席しなくていいから、『イングリッド・パフューム』にポーションの請求書を渡しに行ってほしいって」

「フェリクスから？」

「ええ。行けそうかしら？　あと、さっきの昼休憩の時にも用事を頼んでしまったから、ついでにお昼もどっかで食べてきていいって言ってたわよ」

「そうか……分かった、行ってくる」

どうやらフェリクスが気を利かせてくれたらしい。

『イングリッド・パフューム』とは、その名の通り香水屋なのだが、ポーション錬成も請け負っている。

誰かが行かなければいけないというのは本当なのだろうが、このタイミングでおれをあてがったのは、きっと先ほど昼食を取り損ねたのを気にしてのことなのだろう。

おれはイーリスから厚手の封筒に入った書類を受け取った。

ここでフェリクスの厚意を無下にすることはできないし、上司から命ぜられた仕事であれば断る理由もない。

書類を渡したイーリスは、ふと、その視線をおれの首元で留めた。

「あら。タクミ、それ……」

「それ？」

小首を傾げてイーリスを見つめると、彼はやれやれと言うように肩を竦めた。

そして、おれのシャツの襟元に手を伸ばして、上一つだけ開けていたボタンをすべて留めてしまう。

「イーリス？」

「普通にしてれば平気なんだけどね、ちょっと上から覗くと見えちゃいそうだから隠しておきなさいな。行くのは城下町といえど、よからぬことを企む輩はどこにでもいるしね。貴方はただでさえ人を惹きつけやすいんだから」

「……ああ、分かった」

なるほど。城下町は比較的安全で犯罪も少ないが、それでも、おれみたいなおのぼりさんが歩いていたら、カモにされるかもしれないからな。

そうならないためにも、身なりはきちんと整えておけという意味だろう。

「悪いな、イーリス。手間をかけさせた」

「これくらいなんてことないのよ。それよりも、気を付けていってらっしゃいね」

「ああ、行ってくる」

イーリスに礼を言ってから、おれは騎士団の隊舎を出た。

昼休憩のすぐ後のためか、まだ鍛錬《たんれん》や訓練をしている隊はおらず、運動場は閑散《かんさん》としている。

おれはその運動場の脇を抜け、正門を通って城下町へ歩き出した。城下町を含む街中では、個人が馬で乗り付けることは禁止されているから徒歩か馬車で向かうしかない。今日は幸いなことに、正門を出てすぐのところで、城下町の大通りへ向かう乗合馬車に乗せてもらうことができた。

馬車にしばらく揺られ、城下町の馬車の停留所に到着する。

そこから二十分ほど歩いたところで『イングリッド・パフューム』に着いた。

城下町の大通りには、モルタル壁でできた白や赤茶、グレーや薄緑色といった色とりどりの建物が、道路の両脇にずらりと並んでいる。その一角にある、赤みがかった木造の三階建ての建物が、香水屋『イングリッド・パフューム』だ。店のドアを開ける前から、かぐわしい香気が鼻をくすぐった。

「いらっしゃいませ……あっ、タクミさん！」

木造のドアを押し開けると、てててっと店の奥から、茜色のワンピースに真っ白なエプロンを身に着けた女性が駆け寄ってきた。

モスグリーン色の髪を三つ編みにしたメガネっ子女子のこの子は、この店の店員であり、なおかつ香水やポーションの調合も行う『アルケミスト』でもある。

『アルケミスト』とは、この世界にある職業の一つで、職業固有スキルとして〝錬成〟が使える。

〝錬成〟は、材料や素材を組み合わせて、『毒消し』、『麻痺《まひ》回復』、『魔力回復』、『ポーション』、『エリクサー』など、薬を作れるスキルだ。

おれがゲーム知識を元にして、この世界にはいまだ存在しない『ポーション』と『エリクサー』を作ろうと決意した時、その試作品の製作に協力してもらったのが彼女であり、この店だった。

「タクミさんがお一人で来てくださるのは久しぶりですね、嬉しいです」

「ああ、おれも久しぶりにここに来られて嬉しいよ。今日は、騎士団の遣いなんだ。これを渡すように頼まれたんだが」

「そうでしたか！　わざわざありがとうございます……せっかくなのでお茶でも飲んでいきませんか？　美味しい茶葉が手に入ったので、ぜひタクミさんにも飲んでいただきたくて！」

にこにこと可愛いらしい笑顔でそんなことを言ってくれるメガネっ子店員さんに、おれも頬が綻《ほころ》ぶ。

「じゃあ、ぜひご相伴にあずかろうかな」

「よかった！　じゃあ少しお待ちくださいね」

先ほどと同じように、てててっとカウンターの奥の部屋に駆けていくメガネっ子店員さん。

なごむなぁ。メガネっ子店員さんは見た感じ、おれと同年代みたいだけど、彼女を見るたびに

「妹がいたらこんな感じかなぁ」とほっこりしてしまう。

「えーっと、ここにお茶っ葉が……あれっ⁉　これは粉石鹸《こなせっけん》⁉」

……カウンターの向こうから聞こえてくる言葉に少々不安を覚えるが、まぁ大丈夫だろう。

ひとまず、おれは店内の棚やテーブルに並べられた香水瓶やポーションの瓶を眺めながら、彼女を待つことにした。

おれは香水なんてつけたことはないけれど、黒翼騎士団の団員はつけている人もちらほらいるので、中にはよく嗅ぎ慣れた香りもある。そういうのを見つけると、なんだかちょっとだけ嬉しい。

そうして興味深く香水瓶を眺めていると、カランコロン、と軽やかな鈴の音が響いた。

振り返ってみれば、香水屋に新しいお客さんが来たところだった。かなりの長身で、ガゼルより頭一つ分は高いんじゃないだろうか。

濃紫を基調とした裾の長い服を着ており、フードを目深《まぶか》にかぶっているため表情は窺《うかが》えない。体格や肩幅、身長からして、男性のようだが……

「すまない。店員は今、おれがお願いした用件で店の奥にいる。呼んでくるから待っていてくれ」

メガネっ子店員さんは新しいお客さんが来たことにまだ気付いていないようだ。

おれが慌てて彼女を呼びに行こうとすると、何故か、男性がつかつかとこちらに近づいてきた。

「――店員はいい。私は貴様に用があってきたのだ」

「っ……⁉」

その声を聞くのは、これで二回目。

最初に聞いたのはメヌエヌ市の防衛戦での最中だ。数多《あまた》のモンスターに守られるようにして悠然と佇《たたず》む姿は、いまだ記憶に新しい。

「貴方は……！」

「言っただろう？　いずれまた会おう、とな」

そう言って、おれの顔を覗き込んだ男——魔王は紅色の瞳を細め、酷薄な笑みを浮かべた。思いもかけない人物に会ったことで硬直するおれを見下ろし、魔王はますます笑みを深くする。

「ふむ……その様子から察するに、貴様を多少なりとも驚かせることは成功したようだな」

多少どころか、めちゃくちゃビックリしてますけど⁉

「どうして……貴方がここに？　この店に用があるのか？」

「違う。言っただろう？　私は貴様に会うためにここに来たのだ。約束したはずだ」

……そういえば前回メヌエヌ市で会った時に、確かに「いずれまた会おう」的なことを言われたっけ？

空耳だと思って、今の今までまったく気に留めていなかった……

黙りこくるおれを見て、魔王が眉間にしわを寄せる。

「なんだ？　まさか私との約束を忘れたのか？」

「もちろん覚えている。ただ、こんなところでいきなり貴方に会うとは思っていなかったから、心の準備ができていなかった」

あまりにも白々しい嘘だったが……いや、まぁ、嘘じゃないよね？

おれの空耳だと思っていただけで、忘れていたわけじゃないからセーフだよね？

と、内心、冷や汗をダラダラと流すおれ。

幸いにも魔王がその点を深く突っ込んでくることはなかった。

「……ふむ」

おもむろに魔王は自分のかぶっているフードを外した。

フードの下から零れ落ちたのは、深い緑色をした髪だった。太陽光に照らされた髪は、澄んだ湖のような深い色合いの蒼緑になったかと思えば、玉虫の羽のように金茶混じりのエメラルドグリーンにも変わる。不思議な色合いの髪だ。

そんな緑髪の長さは腰まであるんじゃないだろうか。だが、すらりとした長身としなやかに筋肉のついた体躯のためか、女性的な印象は受けない。

それよりも目立つのは、頭の左右に生えた角だ。フードをかぶっていたのは、これを隠すためだったのだろう。

「………………」

あらわになった魔王の顔——すうっと通った鼻梁《びりょう》や、切れ長の瞳を見つめ、おれは緊張でごくりと唾を呑み込んだ。

白磁を思わせる肌に浮かぶ、血に濡れたような暗紅色の瞳は、瞳孔が縦に裂けている。禍々《まがまが》しくもあり、神々しくも見える容姿だ。

……それにしても、こうしてみると本当に『チェンジ・ザ・ワールド』の立ち絵のままだ。

ちょっと感動でもある。

おれは元の世界でプレイしていた『チェンジ・ザ・ワールド』のゲームのグラフィックと同時に、その中で語られた魔王と、リッツハイム魔導王国の建国にまつわる秘話についての諸々を思い出した。

魔王とこの国、リッツハイム魔導王国は切っても切れない関係だからだ。

――『チェンジ・ザ・ワールド』は、このリッツハイム魔導王国に現代から主人公が召喚され、「救世主として復活した魔王と戦い、この国を救ってほしい」と告げられるのが始まりだ。

三百年前に、モンスターを率《ひき》いてこの大地を混乱に陥《おとしい》れた魔王。その魔王を討伐するため、異世界から勇者を召喚し、彼は魔王と戦った。だが、勇者はあと一歩のところで魔王を倒しきれなかった。

それでも勇者は持てる力をすべて振り絞り、なんとか魔王に三百年の封印を課した。その後、その功績を持って勇者はこの大地に住まう人々を纏《まと》め上げ、リッツハイム魔導王国を建設した。

しかし――今年がその封印が解ける年にあたり、国にはモンスターが再びはびこり始めた。そして、ゲームシナリオでは、リッツハイム魔導王国に存在する騎士団の内、一つの騎士団がワイバーンとの戦いで瓦解《がかい》。

その重い被害に、リッツハイム魔導王国の首脳部は再び『召喚儀式』を決行。

そうして、今代の『勇者』として召喚されたのが主人公である。

なお、何故「異世界の人間を召喚するのか？」という点だが、リッツハイム魔導王国に伝わる秘儀によって異世界人を召喚すると、それだけで異世界人はこの世界の人々にはないような異能力や、膨大な魔力を手に入れた状態で現れるそうだ。

なんでも、世界をまたぐ際のエネルギーを召喚される人物に付与するとかなんとか……ここらへんは難しい説明だったのであまり覚えてないが、ひとまず「儀式によって召喚されるだけで異世界人はチート能力を手にできる」って覚えておけば問題ない。

なんのチートも持っていない異世界人のおれからしたら、まったく羨ましい話だ。よりにもよって魔王が目の前にいる状況ではなおさらである。

「……私がここにいることが解せないという顔だな」

冷たい視線でおれを見下ろす魔王。

おれはどうしようかと悩みつつ、ちらりとカウンターの向こうに視線をやる。幸い、まだメガネっ子店員さんはこちらに気付いていないようだ。「あった！　……あれっ？　これはマンドラゴラの粉末だわ？」という声が聞こえてくるので、当分こちらには戻ってこないだろう。

「ああ、まったく不思議だ。どうして貴方のような人が、わざわざおれに会いに来たんだ？」

カウンターに背中を預け、腕組みをして魔王と対峙するおれ。

こうしていないと身体がガクガクブルブルと震えてしまいそうだった。

そんなおれを見据え、魔王がすうっと目を細める。

「決まっているだろう。貴様のその黒髪と黒目……この国、この世界にはないその色……」

そう呟く魔王の顔は、苦渋に満ちている。

「貴様もまた――勇者と同じく『異世界』から召喚されてきたのだろう？　それも、先代と同じく東洋系のようだな」

少し迷ったが、その質問には素直に答えることにした。

というか、黒髪黒目という時点でごまかしても無駄だしな……

「……ああ、そうだ。おれも『勇者』と同じく、日本から来た」

だが、もしかするとその選択は誤りだったのかもしれない。おれの答えを聞いた魔王は、その顔をさらに歪ませたからだ。

「ふん……三百年の年月があれば、この国の人間どもも、もう少し利口になっているかと思ったのだがな。私の買い被りだったようだ」

「……ん？　待て、なんの話をしているんだ？」

「決まっているだろう、召喚儀式の話だ。貴様もまた、この国の無能な奴らに召喚されてこの国に来たのだろう」

赤い瞳に憎悪の炎を燃やして、呪詛《じゅそ》を吐くような口調で告げる魔王。

だが、語っている言葉はまるっきり見当違いである。おれは慌てて口を開いた。

「待ってくれ、なにか誤解している。おれはこの国の人たちによって召喚されたわけではない」

「そんなわけがないだろう。この国の人間に召喚されたのでなければ、何故貴様はここにいるのだ？　どうやってこの世界に来たのだ？」

「いや――それは、おれもよく分からないんだが……」

というかそれは、むしろおれが聞きたいよ！

なんでおれ、この世界に来たんだろうね？

ある日、目が覚めたらいきなり海賊の船倉の中だったんだよ？

「うまく説明ができないんだが……いつの間にかこの世界にいたんだ。ただ、目が覚めた場所はリッツハイム魔導王国の城の中などではなく、周りには誰もいなかった」

おれがそう説明すると、魔王が「ふむ」と神妙な顔で頷いた。

おっ、分かってくれたのか？

「なるほど、考えたな。召喚した後に、精神操作の魔法で貴様の記憶を弄《いじ》ったのだろう。どうやら三百年の年月を経て、多少の悪知恵はついたようだな」

って、ぜんぜん分かってくれてなーい！

「いや、本当に違うんだ。おれは誰にも召喚されていないし、この世界に来たのは誰のせいでもないんだ」

「なら、その服はなんだ？」

ふ、服？

おれの服というと……黒翼騎士団の隊服ですけれど。

え？　なに？　まさかこの服がおれに似合ってないとかそういう話？

「貴様が着ているのはこの国の軍服……騎士団に属する者の制服だろう。誰にも呼ばれていないと言いながら、この国の人間のために自分とはなんら関係のない戦いに身を置くはめになっているのではないか。勇者と同じように、この国の人間にいいように顎《あご》で使われているのだろう」

「それも違う。おれは自分の意思で、騎士団に身を置いているだけだ」

あと悲しいかな、そこまで言ってもらえるほどおれは騎士団に貢献できてないぜ！

「……ちっ。堂々巡りだな」

魔王が舌打ちをする。

でも、確かにおれたちの話は平行線だ。

魔王は「おれがこの世界に召喚された異世界人」だと思い込んでおり、おれはそれを否定している。

ここで問題なのが、おれは確かに異世界人なんだけれど、魔王の言う「召喚儀式で召喚された異世界人」ではないという証拠が提示できないんだよな……

「じゃあどうやってこの世界に来たんだよ？」って聞かれると、「それは分かりません」としか言いようがないのだ。

……けれど、一つ分かったこともある。

『チェンジ・ザ・ワールド』を通して魔王の人となり、過去はもちろん知っていたが……こうして実際に会ってみて、やはり。この人自身はそこまで悪い人ではない。まぁ、ゲーム本編でも魔王との和解イベントがあったくらいだしな。

メヌエヌ市にモンスターの群れが押し寄せたのは、魔王が復活したことが原因ではあるんだけど。でも、それがこの人の意思であったかというのは別の話で。見ようによっては、あの時、魔王があの場にいたことで、モンスターは彼の指示に従って一緒に帰ってくれたようにもとれる。

……よ、よーし！　このまま話を続けても平行線になるばかりだし、まずはそこから話を広げてみよう！

前に読んだ本で、初対面の相手と会話が気詰まりになった時は、相手のよいところを見つけて言葉にすること、って書いてあったしな！

「貴方はいい人だな」

「……なに？」

唐突なおれの言葉に、魔王が目を見開いた。

そして、おれの顔をまじまじと見つめてくる。

「ここに来た理由は……今の話からすると、おれのことを気にかけてくれたってことだろう？　先代勇者と同じように、おれが強制的にこの国に召喚されてきたのではないか、と」

「………………私は」

「ああ、いや、言わなくていい。貴方が優しい人だと分かっただけで、今のおれには充分だ」

おれは組んでいた腕をほどき、後ろのカウンターに肘《ひじ》をかけた。

あまりの緊張で強張っていた肩がそろそろ痺《しび》れてきたからだ。

「だが、貴方はやっぱり一つ思い違いをしている。先ほども言った通り、おれはこの世界に召喚されたわけではない。自分の意思で来たわけでもないが。でも、この国で誰かになにかを強制されたことや、行動を縛られたことは一度もない」

むしろ、迷子になってフェリクスに迷惑をかけたり、ガゼルにいろいろと美味しいご飯屋さんに連れてってもらったりして、おれのほうが皆に迷惑かけてるぜ！

……おれ、ちょっと自重するべきかな？

「しかし……召喚儀式なしに、この世界を訪れることは不可能のはずだ」

憎悪をたたえていた魔王の表情は、幾分かやわらいだ。

それでも怪訝《けげん》そうな顔でおれを見つめている。

うーん……まぁそうだよね。

魔王からしたら「じゃあどうやってこの世界に来たの？」って思うよね。

でも、それはおれも説明ができないし……でも、この世界に召喚儀式で来たわけじゃないってことを証明するにはいったいどうしたら……あっ！

そうか、分かったぞ！

おれが異世界人だけど召喚勇者じゃないことを証明できる、唯一の証拠があるじゃないか！

「おれにはチート能力がない」

「なに？　ちー……？」

「あ、いや。えっと……おれには、先代勇者や貴方のように規格外の魔力や異能力はない。それで証明になるだろう？　召喚儀式で呼ばれた異世界人は、『勇者』や『救世主』と呼ばれるにふさわしい英雄的力を授かる。だが、おれは魔力は持っていないし、スキルや加護もなにもない」

「…………」

魔王が先ほどよりもいっそう目を見開いている。

よし、いい感じだ！

「リッツハイム魔導王国の人々が、過去に二度の召喚儀式を行ったのは――規格外の力を授かった英雄を必要としたからだ。だが、おれにはそのような力はない。そのことが、おれが召喚されて呼ばれた異世界人ではないことの証明になるはずだ」

「今――……」

魔王が、唇をわななかせておれを見つめる。

ん？　なんか様子が変だぞ。

「今……貴様は、『先代勇者や貴方のように』と言ったな。そして、『二度の召喚儀式』とも」

「…………」

「それはつまり……貴様は、私が『先代勇者』と同じように呼ばれた……最初に召喚された異世界人だと知っているということだ。何故だ？　どうして、貴様がそれを知っている……？」

愕然とした顔でこちらを見つめる魔王。

そんな彼に対し、おれは黙ったままフッと唇だけで笑ってみせた。

…………やっちゃったーーーーー！　お、おれの馬鹿！

証拠を提示することにイッパイイッパイで、言ってはいけないことをベラベラと喋ってしまった……！

おれの目の前に立つ魔王は、困惑と混乱の眼差しでおれを見つめている。

「確か以前、貴様は私を『リッツハイム魔導王』と呼んだが……いや、たとえそれを知っていたとしても、どうして私が同じ『異世界人』だと知っているのだ？　いったい、貴様は何者なのだ？」

「ふっ……そうだな」

自分の馬鹿っぷりに呆れて、もはや乾いた笑いしか出てこない。

ど、どうしよう？　もう素直に言っちゃったほうがいいかな？

「どこまで知っているかと聞かれれば……そうだな。貴方がこの世界に『最初の異世界人』として召喚された存在であること。そして、先代勇者が同郷の貴方に同情し、討伐ではなく封印にとどめた程度のことは知っている」

「なっ……！」

魔王は驚愕に目を見開く。

まぁ、無理もない。これは、リッツハイム魔導王国の建国までさかのぼる話であり、なおかつ市《し》井《せい》には伝わっていないものだ。おそらく、ガゼルやフェリクスでさえ知らないだろう。

だが、おれは知っている。

だっておれは――この目の前の『魔王』とも『主人公』とも違う世界からやってきた人間。

この世界の出来事を、ＲＰＧ『チェンジ・ザ・ワールド』で何度も何度もプレイしてきた人間なのだから。

「……いったい、どうして貴様がそのようなことまで知っている？　それは、この国の人間どもが歴史の闇に葬《ほうむ》り去ってきた出来事だ」

「そういう人間ばかりでもなかった、ということだ。一部の良識ある人々が、貴方に起きた出来事と、勇者の決断を記録として残してくれていたというわけだ」

「………」

おれの言葉は嘘ではない。

『チェンジ・ザ・ワールド』のストーリーを進めていくと、主人公とその仲間はポーションとエリクサーの開発を試みるのだ。

ポーションとエリクサーは、かつては珍しいものではなかったが、三百年前の魔王との戦いを経て製法が失伝してしまった霊薬だった。

その製法を再度取り戻すため、主人公たちは隣国に行ってイベントをこなし……そして、失われた歴史の一端を知るのである。

三百年前に魔王を討伐した『勇者』――そして、『救世主』として召喚された主人公。

だが、それよりももっと前にこの世界に召喚された異世界人がいた。

それが、この魔王である。

……本来ならここらへんの事情って、隣国にあるダンジョンに行って、その隠し部屋にある日記を手に入れないと分からないんだけど……ま、まぁ、だから嘘は言ってないよね？

当時の人たちが、魔王に起きた出来事を残しておいてくれたのは事実だし？

別におれは、それを手に入れたとは一回も言っていないし？　だから嘘じゃないよね？

「ふん……そうか。貴様がすべての出来事を知っているなら、話が早い」

しばらく黙ったままでいた魔王は、顔を上げると、酷薄な笑みを浮かべておれを見据えた。そして、その片手をおれに差し出してきた。え、握手？

「貴様の名前はなんというのだ？」

「……タクミだ」

「タクミ、か。よし、タクミ——私と共に来い。私は貴様が気に入った。共に、自分勝手な都合で我らをこの世界に呼び出した愚かな人間たちに復讐してやろうではないか」

なんと、まさかの転職のお誘いである。

だが、もちろんこの状況でそんな物騒《ぶっそう》なヘッドハンティングに頷けるわけがない。おれは魔王を睨みつけた。

「言っただろう？　おれは別に、この国の誰かに無理やりに召喚されたわけじゃない」

「だが、自分の意思でこの世界に来たわけではないのだろう。なら、この国に貴様を呼び出した誰かがいるはずだ。その人間が恐らくは貴様の記憶を封印しているのだろう。異能力が発現しなかった理由は分からんが……もしくは、なんらかの不具合があったからこそ、貴様の記憶が欠けたのかもしれん」

おれのひらめきは、なんと数分も経たない内に論破されてしまった。なんてこった！

しかし、こうなると、おれが誰にも召喚されてないって話を信じてもらうのはなかなか無理そうだ。ど、どうしたらいいの？

「タクミ……先ほど、貴様は私のことを『優しい人』だと言ったな」

頭を抱えてカウンターに突っ伏したい気持ちのおれに、魔王が一歩、近づいてくる。

長身の彼に目の前に立たれると、照明が陰になって、一気に暗くなった。まるで、突然に夜が訪れたようだ。

そして、血に濡れたような赤々とした瞳が、静かな光をたたえておれを見つめる。

「私をそう呼んだのは――貴様が二人目だ。一人目は、私の妻だった。彼女のために私は戦った。彼女が傍にいてくれたからこそ、この国で生きていく運命を受け入れた。だが……そんな彼女を、この国の人間どもは……」

「……魔王……」

「……貴様がすべてを知っていると言うなら、私の言うことが分かるだろう？　このまま貴様がこの国にいても、使い捨てにされるだけだ」

「…………」

あまりにも苦渋に満ちた声だった。

思わず、魔王に手を伸ばしかけたところで、脳裏にガゼルとフェリクスの顔がよぎり、慌てて手を引っ込めた。

辛いけれど、ここで彼に同情してはいけない。

彼の気持ちに引きずられて、自分の立場を見誤ってはいけないのだ。

「魔王。貴方がおれのことを気にかけてくれるのは嬉しい。だが、おれは――」

「タクミさーん！　ごめんなさい、お待たせしました！　ようやく茶葉が見つかりました！」

「…………」

「…………」

元気のいい掛け声と共に、カウンターの向こうにある部屋から飛び出してきたメガネっ子店員さん。

……そういえば、お茶を淹れてもらってたところだっけ。すっかり忘れてたよ！

「あれっ⁉　お、お客様⁉　ご、ごめんなさい、私ったら全然気付きませんで……！　い、今すぐお客様の分も新しいお茶を……きゃああっ⁉」

メガネっ子店員さんは魔王に気が付くと、わたわたと慌てて、お盆に載っていたカップを倒してしまう。衝撃で、飛沫《しぶき》が彼女のエプロンドレスとおれにかかってしまった。

「うわっ」

「きゃああッ⁉　ご、ごめんなさいごめんなさいタクミさん⁉　私ったらなんてことを……！」

「いや、大丈夫だよ。おれよりも君は大丈夫か？」

幸い、お茶はそれほど熱くなかった。

おれの隊服は黒っぽいからいいが、メガネっ子店員さんのエプロンは真っ白のため、お茶の染みがはっきりと浮かんでいる。

えーっと、お茶染みってなにで落ちるんだっけ？　中性洗剤？

「……はぁ。〝グリーン〟」

涙目で焦るメガネっ子店員さんと、そんな彼女をどうどうとなだめるおれ。

そこに、ため息混じりの呆れた声が響いた。

その声と同時に店内にふわりと爽やかな風が吹き抜ける。

次の瞬間、おれとメガネっ子店員さんの服は、まるでおろしたての新品のようにきれいになっていた。

「……これは……」

「まぁ、すごい！　これ、〝クリーン〟の魔法ですか⁉　それでもお洋服がこんなにきれいになるなんて……これはもしかしてお客様が？」

「……ああ、そうだ」

見れば、魔王がなんだか毒気を抜かれた表情でおれたちを見下ろしていた。

一気にきれいになったおれと自分の服を見ていたメガネっ子店員さんは、彼に顔を向けると、きらきらと輝く笑顔で頭を下げた。

「ありがとうございました！　そして申し訳ありません、お客様のお手を煩《わずら》わせて……！　魔法の使用代として代金を支払わせていただきたいのですが……おいくらでしょうか？」

「……金は要らん。この国の通貨など、私には不要なものだ」

「まぁ、なんて謙虚なお方でしょうか……！　では、もしもお気に召した品があれば、ぜひ言ってください。無料で進呈いたしますので！」

「いや、その、そういう意味ではなくだな……」

にこにこと満面の笑みを向けてくるメガネっ子店員さんに対し、魔王はなんだかタジタジになっている。

その様子が面白くて遠巻きに眺めていたら、魔王から睨みつけられた。どうやら助けてほしいらしい。

「途中で口を挟んですまない。この人はおれの知り合いなんだが……今日は急ぎの用事があるらしくて、そろそろ行かないといけないんだ。だから、お礼の話はまた今度ということで」

「ええっ⁉　そ、そうだったのですね……お忙しい中、せっかくお店に来ていただいたのに……気付かなかったばかりか、お手数をかけてしまって申し訳ありません……」

し、しまった！

今度はメガネっ子店員さんのほうがしゅんとなってしまった！

おれは慌てて魔王に顔を向けて、視線で助けてくれとメッセージを送る。魔王は肩を竦めると、手を伸ばしておれの身体を抱き寄せてきた。

ちょ、ちょっ⁉　な、なにこの体勢？

「気にするな、娘。声をかけなかった私のほうに否がある」

「い、いえ、そんな……」

「私はこの男の、古い知り合いでな。だから、いずれまたお前に会うこともあるだろう。今日の話は、その時に改めてさせてくれ」

「わ、分かりました！　タクミさんのご友人だったのですね。なら、もしもあまりお店に来られないようでしたら、今日のお礼についてはタクミさんを通してさせていただきます！」

「ああ、そうしてくれ」

話が終わると、魔王はおれの身体から手を離した。

身体が離れる直前に、指先がするりとおれの腰を撫でていく。その感触がいやに肌に残った。

おれが魔王を見返すと、彼は唇に、にやりと笑みを形作った。

「タクミ――今日のところはこれまでだ。お互い、興が削がれただろう？」

「……ああ、そうだな」

だよねー。もう、この空気感で、先ほどの話をする気にはお互いになれない。

メガネっ子店員さん、恐るべし。

「だが、そう遠くない日に再び貴様に会いに来るとしよう。その時こそ、快い返事を聞かせてくれ」

そう言って、魔王は再びフードをかぶり直すと、おれたちに背を向けた。そして、颯爽《さっそう》とした足取りで店を後にする。

その背中をおれとメガネっ子店員さんは黙ったままで見送った。

……快い返事というのは、おれが魔王と共に行くということなのだろう。

だが、その選択をするのは決してあり得ない。彼の境遇には同情せざるを得ないが……でも、それとこれとは話が別だ。

おれはこの国の人々が好きだ。ガゼルやフェリクス、イーリスに騎士団の皆。それに白翼騎士団のリオンやレイ、黄翼騎士団のオルトラン団長……皆を裏切って、魔王と共に行くことなんて絶対にない。

……どうすれば、それが魔王に分かってもらえるのだろうか？

かつてこの国の一部の人は、過ちを犯した。だが、その人たちはもうこの時代には誰一人存在しない。今、この国に生きているのは——ただ、自分の人生を懸命に生きている人たちだけなのだと。

……いったい、どうしたら……


「タクミさん……」

「うん？」

「あの……お客様はああ言ってくださいましたけど、やっぱり不快な思いをされていたのではないでしょうか。タクミさんのご友人に、とても失礼なことをしてしまって、本当に申し訳ないです……」

しょんぼりと肩を落とすメガネっ子店員さん。

そんな彼女を安心させるように、おれはぽんと肩に手を置いた。

「いや、そんなことはない。大健闘だったさ」

◆

「ふぅ……なんだかどっと疲れたな」

まさか、こんな真っ昼間の街中で魔王に会うなんてなぁ。

そういえば魔王はいったいどうやってこの王都まで来たんだろう？　メヌエヌ市からはかなり距離があるけれど……ワープみたいに転移することができるのかな？

ちなみに、この世界では魔法は普通に存在するが、すべての人間が自由自在に魔法を行使できるわけじゃない。

魔法を使用するためには、魔法陣やマジックアイテムを通して自分の魔力を練り上げ、形にすることが必要なのだ。だが、そういったものはなしに魔法を使うことができる人もいる。先天的に魔力量が多い、一握りの人たちだ。

けれど、召喚儀式を通してこの世界に召喚された異世界人は、そんな一握りの人たちをはるかに上回る魔力を手に入れることができるという。

しかもゲームのストーリーで語られたところによれば、魔王は本人の資質があったからなのか、それとも度重なる戦いの中で魔力を増大させたのか、ほとんど無敵の万能な力を手にしていたらしいし。こっそり王都に侵入するなんて、きっとお茶の子さいさいなのだろう。

「はぁ……ようやく黒翼騎士団の壊滅イベントが立ち消えになったかと思ったら、次は魔王のお出ましか。しかも、ゲームの本筋が変わりすぎてて、おれの知識がほとんど役に立たないし……」

まぁ、ゲームの本筋が変わりすぎているのは、全部おれのせいなんだけどね！

やれやれと肩を竦め、城下町の大通りを歩く。

魔王が店を出てしばらくの間、おれはメガネっ子店員さんに淹れてもらったお茶を飲みつつ、彼女を慰めた。

なんとか彼女が元気を取り戻した後、おれは『イングリッド・パフューム』を後にし、馬車の停留所へ向かったのであった。

この通りには馬車の乗客目当てに、いくつか飲食店が並んでいる。中には、ガゼルやフェリクスと三人で行った店もある。

おれの第一の目的は『イングリッド・パフューム』へのおつかいであったが、第二の目的は、食べ損ねた昼飯を取ることだ。

最初は「午後は座学だし、昼食くらい抜いてもいいから早く帰ろう」という気持ちであったのだが、魔王との突然の邂逅《かいこう》で、どっとお腹が空いてしまった。

軽くでもいいからせめてなにか腹に入れて、気分を持ち直してから騎士団に帰りたい。

「――いらっしゃいませ！」

おれが選んだ店は、停留所のすぐ近くにある、二階建ての店だった。

薄いピンク色の壁は、ところどころ塗装が剥《は》げている。店の軒先にはテーブルと椅子がいくつか並び、どのテーブルも壮年の男の人たちが座っていた。傍に置かれた防具や武器から判断すると、冒険者だろうか。雰囲気からしてこの店の常連に違いない。

外の席は埋まっていたため、店の中に入り、奥まった席に座る。

「すまない、注文をいいか？」

「はい、どうぞ！」

テーブルにメニューはなく、代わりに店の壁には木板にチョークで書かれたお品書きが貼ってあった。

　おれは鶏肉のサンドイッチと檸檬《れもん》水を頼む。そして、料理が来るまでの間ぼんやりと窓の外を眺めた。

　……そういえば、こんなに一人きりでぼーっとするのって初めてかもしれない。

　今まではいつもガゼルやフェリクス、時々イーリスが一緒にいてくれたし。出かけるのだってガゼルやフェリクスのどちらかが必ず一緒に来てくれて……フェリクス……が。

「……はぁ」

　うう、ますます落ち込んできた……

「しばらく距離を置こう」って言われたけど、しばらくってどのくらいの期間だろう？

　一時間とか？　それとも明日まで？

　……フェリクス、もしかしておれのこと嫌いになったとかじゃないよね……？

　も、もしもそうだったらどうしよう⁉

　机に頬杖をついて、行き交う人々を窓越しに眺めながらもんもんとする。

　その中で、ふと、見知った人物が目に入った。彼らは雑踏を歩きながら、大通りに立ち並ぶ店を一軒一軒訪ねている。どうやら、店の人間になにかを聞いて回っているようだ。

　彼らの行動をなんとなしに眺めていると、なんと、二人はこの店に向かって真っ直ぐ歩いてきた。

　そして、店の前で足を止めると、外のテーブルで話をしていた冒険者たちになにやら尋ねている。

　だが、その顔を見る限り、あまり収穫はなかったようだ。

二人は冒険者たちに礼を告げると、今度は店の中へ入ってきた。

「――すまない。少し尋ねたいことがあるのだが……」

「は、はい！　なんでしょうか？」

先ほどまで元気よく注文を聞いていたウェイトレスさんが、顔を赤らめながら、どぎまぎと目の前の麗人を見つめる。

アイスブルーの瞳、白銀の光を放つ髪を持つ、白皙《はくせき》の美青年。白を基調とした白翼騎士団の隊服はそんな彼によく似合っている。

そしてもう一人は、オレンジ色に近い髪色をした青年で、若干目つきが悪いが、こちらも充分に整った顔立ちだ。なんとなく、おれの元の世界にいた、野良の茶トラ猫を思い出させる。

そう――店にやってきたのは、白翼騎士団の団長リオンと、団員のレイの二人であった。

同じ王都に住んでいるとはいえ、彼らに二日続けて出会うとは驚きである。

「オレたちは白翼騎士団に所属する騎士だ。今、人を捜しているんだけどよ……こんな男を最近このあたりで見かけなかったか？」

「す、すみません。見かけていませんね……」

ウェイトレスさんはしどろもどろになって二人に答えた。

カチコチに緊張しきっている様子からして、あれではレイが差し出している人相書きをちゃんと見ているかどうかも怪しい。

苦笑いしながらそんな光景を眺めていると、厨房のほうから「サンドイッチでき上がったよー」

と声があがった。

ウェイトレスさんは二人に頭を下げ、弾かれたように厨房から出されたサンドイッチを取りに行く。ひとまず二人から離れられてホッとしているようだ。

「お客様、すみません。お待たせしました」

「ありがとう」

持ってきてもらったサンドイッチの皿と、檸檬《れもん》水の入ったグラスを受け取る。

そして、さぁ食べるぞー、と意気込んだところで、こちらに視線を感じた。

「──タクミ？」

「アンタ、なんでこんなところに……？」

彼らはおれの存在に気が付いたようだ、いぶかしげな顔でこちらを見ている。

おれは二人に片手を上げて応えた。

「お疲れ様、二人共。座ったままですまないな」

「いや、かまわないよ。それにしても、昨日も今日も妙なところで会うものだ」

リオンの言う通りだ。まさかこんなところで再び彼らに会うとは、おれも予想外だった。

レイも不思議そうな顔でおれを見つめてくる。

「アンタ、ここでなにしてるんだ？」

「見ての通り、昼飯の最中だ」

「そうなのかい？　昼にしては随分《ずいぶん》と遅い時間だが……」

「午前中、なんやかんやと立て込んでな。……ああ、今ここにいるのは、騎士団の遣いで城下町に来る用事があったからだ。サボリじゃないぞ？」

「ふふ、もちろん分かっているさ」

念のためそう言っておくと、リオンが頬を綻《ほころ》ばせた。

先ほどまでの無表情なリオンもきれいだけれど、そうやって笑ってみせると、まるで氷が解けて春が訪れたかのような温かい印象にがらりと変わる。

さっきのウェイトレスさんが、ぽーっとした顔でリオンを見つめていた。

「それにしても、リオンとレイが二人で聞き込みとは……昨日の今日で疲れているだろうに、大変だな」

「そんなことはないさ、これも騎士の務めだからね」

にっこりと微笑んで告げるリオン。だが、彼の後ろでレイが肩を竦めたのが、おれの位置からはバッチリ見えていた。

レイはリオンと違って、ちょっとお疲れ気味のようだ。

まぁ、そりゃそうか。昨日はグレートウルフに殺されかけて、今日は上司である団長と二人で城下町での聞き込みをして……心労も溜まってるだろうなぁ。

うーむ……お昼がまだだったら、一緒にここで食べないか聞いてみるか？

「二人共昼は済ませたのか？」

「ああ、騎士団の食堂で」

「そうか、残念だな。もしもまだだったら一緒に食べられればと思ったのだが……」

残念！　レイ、ごめんなー。あんまり力になれなくて……

そう思っていたら、リオンがおれの言葉にそわそわとし始めた。

そして、何故かほんの少し頬を赤らめながら、アイスブルーの瞳に熱を込めておれを見つめる。

「……タクミはいいのかい？　私たちと一緒に相席することになっても」

「ああ、もちろん。昨日はリオンともレイともあまりゆっくり話せなかったしな」

おれがそう言うと、リオンがぱっと顔を輝かせた。

向こうにいるウェイトレスさんは目をかっぴらいてリオンのことを凝視している。怖い。

「じゃあ少しお茶をしていこう。尋ねるだけ尋ねて、なにも注文をしないのも気が引けていたところだしね。かまわないだろう、レイ？」

「はい、もちろんです」

リオンに尋ねられて、レイが頷く。

おれはそんな彼によかったねー、と思いを込めてにこりと笑いかける。すると、何故かレイの顔が瞬く間に真っ赤になった。

え、どうしたの？　風邪？

レイの様子が気になったものの、リオンと共にいそいそとテーブルについたところを見る限り、体調が悪いというわけでもないようだ。

リオンがおれの正面に座り、レイはリオンの隣、おれの斜め前の席に座る。

そして、レイはウェイトレスさんを呼ぶと、おれと同じ檸檬《れもん》水を二人分頼んだ。一口大にカットしたレモンとフルーツを水につけてあるだけの素朴な飲み物だが、今日のように少し汗ばむ陽気の日にはさっぱりと飲める。

二人のところに檸檬《れもん》水が運ばれてきたのを見て、おれもサンドイッチを口に入れた。冷やした鶏肉ときゅうりのサンドイッチだ。シャキッとしたきゅうりとやわらかな胸肉の組み合わせが美味しい。

「それにしても、リオン自ら聞き込みをしているなんてな。よっぽど重要な事件なのか？」

「いや、重要と言えば重要なのだが……」

秀麗な顔に苦笑いを浮かべるリオン。

でも、そんな表情も、相も変わらず麗しく華やかだ。思わず感心してしまう。

「今回、白翼騎士団に命ぜられた調査任務なんだが、被害者が貴族ばかりでね。自分より位が下の者には、騎士団員であってもけんもほろろな対応をする方もいるものだから、私が出張ったのだ」

「本来ならリオン団長直々に来てもらう必要はないんですけどねぇ……」

レイもリオンと同様に苦笑いを浮かべている。

「まぁ、たまにはこういうのもいいさ。それで、せっかく城下町まで来たのだし、このあたりで人相書きの聞き込みをしてから帰ろうという話になってね」

「そうだったのか、大変だな」

ふむ。

つまり――本来なら、団長が直々に聞き込みをする必要はない事件。

しかし、本事件で被害に遭ったのが貴族であり、貴族の中には「騎士団員だからって、自分よりも位が下の貴族に話すことなんかなにもないわ！」と言う人もいらっしゃる。

白翼騎士団の騎士団員も、そう言われると、立場上強くは出られないのだろう。

そこで、この国でも有数の貴族、ドルム家の子息であるリオンが、直々に貴族の人たちに聞き込みをしに来た……今はその帰り、と。こういうわけか。

なんと。めっちゃいい人じゃん、リオン！

うちの団長のガゼルもフットワークが軽いほうだけれど、リオンも負けてないなぁ。

それに、自分の部下の立場を思いやってわざわざ自ら足を運ぶなんて……

「リオンは部下思いなんだな」

「そうかい？　団長であればこの程度、当然だよ」

しかもあっさりと、この男前な返事ですよ！

……こんな外見&内面イケメン貴族に迫られたら、ガゼルだってドキドキしちゃうだろうなぁ。

この前のあの会話の内容からして、まだリオンはガゼルに告白していないようだけれど……

「団長職に就いているからといって、誰にでもできることじゃないさ。レイもそう思うだろ？」

「そうだな……リオン団長は確かにすごい人だ」

「おや。二人がそんなことを言ってくれるとは嬉しいね。ありがとう」

リオンはそう言ってにこやかに微笑んだ。

謙遜するでもなく、おれたちの誉め言葉をそのまま素直に受け止める姿は、普段から賞賛に慣れている人間特有の態度だ。さすが貴族。

「しかし、被害者が貴族ばかりとは奇妙な事件だな」

「貴族ばかりというか……被害者の中には商人もいるが、もともと富裕層をターゲットにした事件のようでね。……そうだ。よければ少し、君の考えを聞かせてくれないかい？」

「おれの？」

驚きのあまり、掴んでいたサンドイッチを取り落としそうになった。

「いや……悪いが、おそらくおれはたいしたことは言えないぞ。それに部外者のおれに話してもいいのか？」

「大丈夫だ。君は黒翼騎士団の団員なのだし、私が話さなくとも、事件の概要はきっと明日には耳に入るだろう。君の所属する団にはフェリクスもいるんだしね」

「そ、そうか」

そう言われてしまうと、断る理由がなくなってしまう。

仕方なしにおれは引きつった笑顔でリオンの話を聞くことになった。

リオンの語った事件――被害者の例を一人挙げると――それは、夫に先立たれて、子供も皆自分の手を離れている、ある独りの貴族女性だった。

彼女のもとに、友人である同じ貴族の女性が訪れる。その日、彼女は見たことのない男を連れていた。

男はこざっぱりとした見た目で、立ち居振る舞いにも怪しいところはなく、むしろ、今時の若い貴族よりも礼節に長《た》けているように見えたという。

男は『自分はメヌエヌ市でポーションの運搬を行っているバラット商会の商人であり、今は父親が商会の長であるが、いずれは自分がバラット商会を継ぐ予定である』と語った。

そして――

『昨今、この国で開発されたポーションはなによりも価値があります。どれだけ作っても、需要に供給が追い付かないほどです』

『ええ、おっしゃる通りポーションは素晴らしいものです。黒翼騎士団の『黒の双璧』の御方たちの功績ですね』

『まったくでございます。……ここで奥様にご相談なのですが……奥様には共同出資の御提案をさせていただきたく、本日は伺った次第でございまして』

『共同出資、ですか？』

不思議そうに目を瞬《しばたた》く女性を前に、男はさらに語った。

『ポーションの需要に供給が追い付かないのは、ポーションの作成量が追い付いていないわけではなく、その物流を担う馬車や馬、人員の確保が足りていないためなのです。ポーションの開発のため、メヌエヌ市では急激に都市間への物流が増えましたからね。ひいては、物流業務の元金さえ確保できれば、ポーションをもっと各地へ流通させることができるのです！』

大仰に語る男の横で、友人の女性はおもねるように笑いかける。

『悪いお話じゃないでしょ？　貴方は私の大事な友人だから、特別にお声をかけてあげたのよぉ』

『必ず利益は出せるので、ぜひご協力いただけませんか？　あとはもうこの王都で馬と馬車の買い付けさえ行えば、投資額の二割は一ヶ月以内には必ずお返しさせていただきます』

『今の時代ならポーションは絶対に売れる。いくら出資したって、マイナスになることはないわ』

『ここだけの話ですが現在、あのドルム家にもお話をさせていただき、快いお返事を頂戴しました。こちらの奥様のご協力で、すでにアサンドラ商会で馬車三台と馬六頭の買い付けを行っております。さらに、ありがたいことにクオンドラ家やゴミルア家の皆様方からもわが商会への出資をいただいておりまして……』

――そして。友人と男の熱意に押され、ご婦人は出資金を提供したそうである。

ご婦人も、多少、怪しいと思う気持ちがないでもなかったとのことだったのだが……

「絶対に損は出ない」「必ず利益が出るとお約束する」という言葉に、「そこまで仰るならいいだろう」と出資をしたそうである。

その一週間後――またも友人と男が二人で屋敷にやってきた。

男は約束通り、出資金の二割と、それにプラス十万程度の金額を利益額として持ってきたそうだ。

「多分、そこで安心してしまったんだろうね」

リオンは苦笑いを零す。

彼の言う通り、ご婦人はそこで『この人は約束を守ってくださったんだ』とすっかり安心してしまったそうだ。

『利益が必ず出るという話も本当に違いない』と信じ、またあくる日に、男に言われるがまま再び出資金を提供してしまったそうである。

気付いた時には、出資金は莫大な額になっていた。しかし、男が還元する金額と回数は徐々に減っていき、そしてある日、忽然《こつぜん》と姿を消したという。

「――そんな感じで騙された連中がわんさかいてさ。それの調査がオレら白翼騎士団に回ってきたってわけ」

そう言って肩を竦めるレイは、若干呆れ顔だ。

「どうしてそんなのに引っかかるかねー。『絶対に損は出ない』なんてうまい話があるなら、この国に失業者はいなくなるだろうよ」

まぁ、確かに「絶対に損は出ない」「必ず利益が出るとお約束する」っていうのは、絶対に信じちゃいけない言葉ナンバーワンとツーに位置する言葉ではあるよねー。

でもそれはおれが元の世界で、そういった詐欺事件の事例を知っているからであって。

こちらの世界で、投資詐欺なんて滅多にない事件なんじゃないか？

だとしたら、そのご婦人を代表とする、この国の貴族さんたちが引っかかったのもしょうがない気がするなぁ。

「それでどうだい？　タクミはなにか気付いたことがあっただろうか？」

リオンに尋ねられ、ハッと我に返る。

そ、そうだった。おれ、この事件の感想を言わないといけなかったんだ。

でも、なにも言うことないんだけどなぁー。

おれだって元の世界で学んだ事前知識がなければ、きっと引っかかってたと思うし。

それに友達の紹介で来たんでしょ？　なら、なおさら断りにくいよなー。

「ふむ……『そんな怪しい話にどうして引っかかったんだ』と言ってしまえばそれまでだが。おれ個人としては、人間の心理をかなり巧妙についている話だと思ったな」

「ええ、そうかぁ？」

「友人の紹介で来たのであれば、ご婦人も無下にはしにくいだろう。それに、最初に依頼された金額があまり大金ではなかったのだから、なおさらじゃないか？　小金を渋っていると思われるのはメンツに関わる話だろうし」

「あー……そうだな。よくも悪くも貴族は体面を気にするもんだしな」

レイが神妙な顔でなるほどと頷く。

「それに加えて、男がはっきりと個人名や家名を出したのも、約束通りに金を持ってきたのも、巧みなやり口だな。現に、ご婦人もそこでガードが緩んだんだろう？」

「じゃあつまり、全部その犯人の計算だったってことか？　最初は小金を吐き出させておいて、後から大金をせしめていくっつー……」

「平たく言えばそうだな」

「へぇ……なるほどなぁ。最初はなんでそんなみえみえの手口に、って思ったけど、うまいこと考えるもんだな」

感心したように頷いているレイ。意外にも、根は素直な性格のようだ。

そんなレイとは正反対に、リオンは一気に深刻な表情を浮かべて腕を組んでいる。

「ふむ。卑劣《ひれつ》極まりない犯行だが、人の心の隙をつく手法は見事なものだ」

「そうだな」

「最初は貴族狙いの詐欺事件かと思ったが……タクミの話を聞くと、もっと根の深そうな事件だ」

「ああ。リオンの言う通り、犯人は随分《ずいぶん》とこの手の犯罪に慣れているようだ。それに、どう考えても単独犯の犯行じゃない。表に出てきたのは男一人だが、その背後ではもっと大勢の人間が手を引いていると見て間違いないだろう。あと、さっき話していた被害者の話だが……」

「まだなにかあるのかい？」

「最初の被害者のご婦人と同様に、家族が周囲にいない貴族の被害者が多かったという話だったろう？　もしも家族がいたら、早い段階で出資金の提供を止めていたはずだ」

「む……」

「おそらくは事前にターゲットの家族構成を調べていたんだろう。そういえば、最初に男と共に来た女性は、今はどこに？」

「その女性も、男と共に雲隠れ中さ。ちなみに、メヌエヌ市にバラット商会は実際に存在するが、男はその商会にはいなかったよ」

「実際に存在する商会なのか。なら、かなり綿密に計画を練っているようだな。しかも貴族たちの家族構成や、メヌエヌ市に存在する商会の名前まで知っているとなれば、随分《ずいぶん》と前から情報を収集していたのだろう」

……と、なんだかもっともらしい感じを装っているものの、これらは全部、元の世界での受け売りの知識である。

ばれたら恥ずかしすぎるが、まぁ、これで少しでも犯人逮捕の一歩に近づけばいいよね！

「そうか……ありがとう、タクミ。君の意見は随分《ずいぶん》と参考になったよ」

にっこりと麗しい微笑みを見せるリオン。

お世辞であっても、こんなきれいな人に言われると悪い気はしないものだ。

「どういたしまして。少しでもリオンの役に立てたならおれも嬉しいよ」

「っ……」

リオンに微笑み返すと、何故かリオンがぎしりと硬直した。頬をほんのりと赤らめながら、ちらちらとおれの顔を見つめる。

「……ッ、コホン。ざ、残念だが、そろそろ私とレイは行かなければいけない。先ほど君からもらった貴重な情報で、少々思い当たることが出てきたからね」

「そうか。被害者の方たちのためにも、頑張ってくれ」

「ああ。……せっかくお茶に誘ってもらったが、今日はほとんど私の仕事の話だけになってしまったね。もしもよければ、今度は君の話を聞かせてくれ」

「おれの話？」

リオンの言葉にきょとんと目を瞬《しばたた》く。

おれはリオンとはもっと個人的な話をしてみたいとは思ってるけど……でもリオンがおれと話したがるのは変……ハッ⁉

ま、まさか……！

「……おれの話なんて、面白いことはなにもないぞ。騎士団の話とか、それくらいならかまわないが」

「君と話せるなら、なんだってかまわないさ」

そう言って、リオンは期待を込めた眼差しでおれを見つめてくる。

そのアイスブルーの瞳に込められた熱量に気付かないほど、おれも鈍い男ではない。リオンの胸中に秘めた思いを、完全に理解してしまった。

古くから、将を射んと欲すれば先ず馬を射よ、ということわざがある。

つまり――リオンはおれからガゼルの話を聞き出すつもりなのだ！

ぐっ、そう来たか！　……どうしよう。おれ、リオンがガゼルと付き合うのは嫌だ。

いや、正式な恋人でもないおれに、そんなこと言う権利がないのは重々承知の上なんだけど……

でも、リオンはかなりいい人なんだよなぁ。平民のおれにこんなに気さくに接してくれるくらいだし。

想像するだけで、無性に胸が苦しくなってしまう。

「では、その時を楽しみにしている。よければ今度はリオンの話も聞かせてほしい」

「っ！　もちろんだ。また改めて、君を我が屋敷に招待させていただこう」

一応、予防策として「おれがガゼルの話をするだけじゃなくて、リオンもいろいろと話を聞かせてね」という意味でやんわりと答える。

リオンがおれからガゼルの話を聞き出すだけが目的なら、嫌な顔をされてしまうかなと危惧《きぐ》したのだが、意外にもそんなことはなかった。

むしろ、きらきらと嬉しそうな笑みを浮かべている。

……リオンって、もしかして意外とお喋り好きなタイプなのかな？

「それではそろそろ行こうか、レイ。タクミ、今日は本当にありがとう」

「ああ、ではまた」

あまりレイと喋れなかったのは心残りだが、今は仕事の最中だから仕方がないだろう。今度はぜひプライベートでゆっくりと話したいものだ。

そんな思いを込めて、おれは別れ際にレイにもう一度だけ微笑んでみせる。すると、レイはまたしても顔をぱっと赤くしておれから目を逸らしてしまう。

レイの様子を不思議に思ったものの、二人は颯爽《さっそう》と店を出ていってしまったので、おれは大人しく二人を見送った。

二人が店を後にしたのを見届けると、おれは皿に残っていたサンドイッチを食べた。そして、コップに入っていた檸檬《れもん》水も飲み終え、会計をするために席を立つ。

この時間ならそろそろ騎士団の隊舎に向かう馬車が来るはずだから、ちょうどいいだろう。

「――あら、お客様。お会計なら、先ほどの白翼騎士団の方が済まされましたよ？」

「……え？」

だが、ウェイトレスさんに言われた言葉は、予想外のものだった。

「それは本当か？　二人が、その、おれの分まで全額払ったと？」

「ええ、そうです！　いやー、それにしても、銀髪の男性は、なんとも見目麗しい御方でしたねぇ……」

うっとりと瞳をとろけさせているウェイトレスさん。

もはやおれなど眼中に入っていない、トリップ状態の彼女に礼を告げると、おれはふらふらと店を出た。

「……ぜ、全然気が付かなかった。しかし、まいったな。気が付いていればお礼ぐらい言ったのに……追いかけたら、今から間に合うだろうか？」

幸い、レイとリオンが店を出ていってから、そんなに時間は経っていない。

店の外のテーブル席にいた冒険者たちに話を聞いてみると、二人が向かった方向も分かった。

「……よし！　ちょっとだけ捜してみて、見つけられなかったらすぐに帰ろう」

SIDE　白翼騎士団団員レイ

タクミを残して店を出たオレとリオン団長は、黙ったまま歩き始めた。

お互い言葉はなくとも、どこに行けばいいかは分かっている。

大通りをまっすぐ進んだところにあるのは、白い外壁に黒い屋根の三階建ての建物――リッツハイム市の市庁舎。

店から出てから十分程度で到着した市役所の中は相変わらず賑《にぎ》わっており、受付では職員がにこやかな笑みを浮かべて応対をしている。

その中の一人がオレたちに気が付くと、自分の行っていた応対を周囲の職員に引き継いだ後、こちらに足早にやってきた。

「リオン様、なにかございましたか？　私どもの提供した資料に不備でも……？」

「いや、君たちの資料は充分に参考になったよ。感謝している」

リオン団長が鷹揚《おうよう》に職員へ頷いてみせる。その姿は貴族然としていて、優美だ。

オレたち、白翼騎士団が今回起きた詐欺事件について調査を行っていることは、もちろん市役所の人間たちの知るところである。そもそも、最初にこの市役所に数人の貴族から「バラット商会からの返金が滞っている」と連絡があったことから、事件が明るみになったのだ。

また、市役所には、事件の手がかりになりそうな資料として、メヌエヌ市にあるバラット商会の謄本をはじめとした、様々な資料を提供してもらっていた。

今、オレたちの目の前にいるのは、その時に対応してもらった担当者である。この職員が今日も登庁していたのはよかった、手間が省けそうだ。

「今回は、君たちに少し確認させてもらいたいことがあってね」

「か、確認ですか……」

目の前の職員の顔が強張る。

それもそうだろう。いきなり白翼騎士団の団長がやってきて、事件について確認したいことがあると言い始めたのだ。緊張するのも無理はない。

「なに、そう固くならなくていい。ほんの些細なことなんだよ。こちらの市役所で住民登録を管理している担当の者に、ちょっと話を聞かせてもらいたくてね」

「住民登録ですか？」

きょとんとした職員だったが、すぐにホッとした表情を浮かべた。

その顔にはありありと「よかった、貴族が無理難題を言いに来たわけではなさそうだ」と書いてある。

あからさまな彼の態度に、リオン団長はかすかに苦笑いを浮かべてオレを見てきたので、同じく苦笑を返す。

とはいえ、この職員のような態度を取られることは珍しいことでもない。

今でこそ、白翼騎士団はまともな騎士団と認識を改められているが、かつての『お飾り騎士団』の印象は、まだ一部のリッツハイム市民の間に浸透しているのだ。先日のメヌエヌ市での防衛戦でだいぶ払拭《ふっしょく》できたが……

「それであれば担当の者を呼びますので、少しお待ちください。——おい！　誰か、カネルの奴を呼んできてくれ」

職員が案内したのは、一般の受付から少し離れた、パーテーションで区切られた窓口であった。

受付の前に置かれた椅子にリオン団長は腰をかけた。オレはその斜め後ろに立つ。

担当者が来るまでの間、オレは周囲の様子を窺《うかが》いながら、先ほどのタクミの言葉を思い返していた。

タクミは、「犯人たちはかなり綿密に計画を練り、事前の情報収集を行っていた」と言った。

メヌエヌ市に実際する商会名を使い、リッツハイム市において周囲に家族がいない貴族や、または老年となった貴族を狙い撃ちにしたことで、それは明らかだ。

そして、タクミはそこから先の言葉を続けようとしなかった。

あえて、言おうとしなかったのだ。

それはつまり「その点から逆算して考えろ」というメッセージに他ならない。

そう——犯人たちはどうやってリッツハイム市の貴族たちの情報を手に入れたのか、ということである。

犯人たちに協力したと思われる貴族の女だが、調査の結果、貴族といっても女の家にはほとんど資産が残っておらず、使用人の給金すら滞っていたことが判明している。

聞けば、夫が病死した後に屋敷の女主人となったはいいものの、贅沢品を買い漁り、あちこちに旅行に行って散財し、挙句には愛人に金を持ち逃げされたのだという。

恐らくはその状況を犯人グループに付け込まれ、仲間に引き入れられるきっかけとなったんだろう。

だが、その女が被害者たちの家族構成をすべて調べ上げたとは考えにくかった。

彼女の人となりを、屋敷に残っていた使用人たちに聞いた話を大雑把《おおざっぱ》に纏《まと》めると、「短絡的で見栄っ張り、後先を考えず目先の利益を優先する」、「お金は使えばなくなっていくものだと夢にも思っていない」ということだった。

資産を食いつぶした件から考えても、どうにもその女が事前に綿密な下調べをする、慎重なタイプだとは考えにくい。

それに、ターゲットとなる貴族たちの情報は、犯行の根幹を左右する大事なものだ。それを犯人グループに提供した立場であれば、貴族の家々を回る「顔見せ役」という危ない役目を任されることはないだろう。

それらを考慮して浮かび出てくるのは――犯人グループに、リッツハイム市の貴族たちの個人情報を提供した人間だ。

だが、一般の人間がリッツハイム市の貴族たちの情報をかき集めていれば、あまりにも目立つ。とくれば、『提供者』は市民の情報を容易に集められる立場にあり、それが傍目から見ても不自然ではない人物であると考えられる。

それが当てはまるのは――リッツハイム市の市役所の職員だ。

ここの職員であれば、リッツハイム市民の戸籍謄本や住民登録の情報を容易に手にすることができる。もちろん、そういった重要な個人情報の書類は、保護魔法によって外部に持ち出すことはできないはずだが、さすがに人の記憶を封じることはできない。

家族構成の情報と住所、名前、資産の総額を覚える程度なら容易だろう。

「……レイ、分かっているとは思うが」

思案にふけっていたオレに、リオン団長が真っ直ぐに前を向いたまま語りかけてきた。

「なんでしょうか？」

「まだここの職員が『提供者』と限ったわけではない。まずは担当者に話を聞き、どのように市民の情報を管理しているか、保護魔法はどういったものがかけられているかを確認する必要がある。もしかすると、外部の人間がここの情報を盗み出した可能性もあるしね」

「分かりました」

とは言ったものの、外部の人間によって情報を盗み出された可能性は限りなく低い。

リオン団長もそれは分かっているはずだ。

オレは肩を竦めると、代わりに違うことを聞いた。

「あいつは何者なんですかね」

とたん、リオン団長の肩がぴくんと跳ねた。

「……私には分からない。初めて会った時と、メヌエヌ市での鬼神のごとき戦いぶりを見て、ただ者ではないとは思っていたが……」

その言葉に、オレの脳裏にある光景がよみがえった。

マッドベアーの牙を腕に食い込ませて、それでもなお戦意を失わず、果敢に剣を振るうあいつの横顔。汗ばむ黒髪と、零れる血の赤さ。

頭の中で鮮烈に浮かぶ光景に、再び胸がざわつく。

……タクミに助けられたのは、昨日で二度目だ。

けれどあいつはそのことを恩に着せる様子もなく、むしろ、親しげな態度でオレに話しかけてくる。

正直、タクミがいったいなにを考えているのか、はかりかねていた。

オレの家は子爵だが、上には兄貴が二人と姉が二人いて、後継ぎの座は絶対に回ってこない。貴族に取り入るなら、オレなんかよりもよっぽどふさわしい奴がいるだろう。

まぁ、そもそもあいつは地位や名誉に執着するようなタイプには見えないし……

「……タクミがはっきりと『市役所を調べろ』って言わないで、遠回しな言い方をしたのは、オレらに気を使ったからですよね」

事件の概要を聞いたアイツは、市役所に行くようにとそれとなくオレたちに促した。

オレもリオン団長も、被害者たちの聞き込みや被害額や犯人の人相書きなどの、目に見える情報ばかりに気を取られて、犯人たちの手口の巧妙さにまで考えを巡らせていなかったのだ。そのことを、アイツは具体的な指摘はせずに、持って回った言い方で示したのだった。

「ああ。初めて会った時からそういう男だったよ、彼は」

位置関係のせいでリオン団長の顔は見えないが、それでも、彼が困ったように笑ったのが分かった。

「今回も、役所の人間が怪しいと口に出してしまえば、私たちに恩を売る形になってしまうからね。

だからあえて、迂遠《うえん》な言い方に留めたのだろう」

「…………」

嬉しそうに、そしてどこか寂しそうに語るリオン団長。

顔は見えずとも、語る言葉の響きだけで、リオン団長がタクミに恋をしていることがありありと伝わってくる。

むしろ、こんなにあからさまなリオン団長の恋心に気付かない奴がいれば、そいつはゴーレム以上の鈍感野郎だろう。

なんとなく面白くなくて黙り込んでいると、先ほどここにオレたちを案内した職員が戻ってきた。

「すみません！　大変お待たせしております」

額の汗をハンカチで拭きながら、平身低頭でぺこぺこと頭を下げる。

だが、見たところ彼一人のようだ。先ほど、管理担当者をここに連れてくるという話だったはずなのだが……

「騎士団の皆様をお待たせして申し訳ございません。ただ、申し訳ないのですが、今は担当の者が不在にしておりまして……代わりに分かる者を呼んでいるので、あと少しお待ちいただけませんでしょうか？」

その言葉に、オレとリオン団長は一瞬だけ顔を見合わせた。

「分かりました。ただ、担当の方がいないとはどういうことでしょうか？　今日は元から公休だったのですか？」

「いえ……今日はちゃんと登庁していたはずなのですが。他の職員も先ほどまでは一緒に仕事をしていたと言っておりますし。ですが、お二人がいらした直後くらいに外出をしたのか、一向に姿が見えませんで……いえ、多分すぐ戻ってくるとは思うのですが」

額から汗を大量に流しながら、職員はしどろもどろに答える。

その答えを聞いた瞬間、リオン団長は勢いよく席を立ち上がった。殴られるとでも思ったのか、職員が「ひぃっ⁉」と小さな悲鳴をあげて後ずさりをする。

「――その担当者はどんな奴だ？」

「ど、どんなと申されますと……な、名前はカネルで、今年で四十になる男でございます。黄褐色の髪に、黄色い目をしておりまして……」

「分かった。レイ、君は大通りの先にある馬車の停留所に向かってくれ。もしもリッツハイム市から逃げるつもりなら、そこが一番可能性が高い」

「分かりました！」

「私はこの方から話を聞く。ああ、悪いが今すぐに白翼騎士団へ遣いを出してもらっても？」

「か、かまいませんが……あの、カネルがなにか……？」

職員のおびえを含んだ震え声を尻目に、オレはその場を後にして駆け出した。

走るオレを、何人かの人間がぎょっとした顔で見つめる。中には、「あぶないぞコノヤロウ！」と怒鳴ってくる男もいたが、今はそれにかまっていられる余裕はない。

くそっ……！

まさか、その担当者が『提供者』なのかよ！

状況的にオレたちが来たことと、会話を聞いたことで焦って逃げ出したのだろうが……ちくしょう！　もっと慎重になるべきだったのか⁉

もしもここで取り逃したら、あいつに合わせる顔がないぜ……！

開いたままの市役所の扉を抜けて、市役所前の広場へと出る。

そして、馬車の停留所に向かい、先ほど来た道を再び走り出そうとした時だった。

「……え？」

子供が安全に遊ぶのに適した場所のため、市役所の前にある石畳敷きの広場は、子供やその親、井戸端会議をする女性や老人たちで賑《にぎ》わっているのが常だ。

だが、今は何故かその広場は静まり返っていた。

そしてその広場にいる誰もが、ある一人の男を固唾《かたず》を呑んで見つめている。

よく見ると、男の足元には誰かが倒れていた。黄褐色の髪をした体格のいい男で、年の頃は三十代後半から四十代というところだろう。

倒れ伏した男を冷めた目で見下ろしていた彼が、ふっと視線を上げて、こちらに顔を向けた。

そして、この場には似つかわしくないほどの穏やかな表情で、オレに微笑みかける。

「——やあ、レイ。先ほどぶりだな。来てくれてちょうどよかったよ」

◇

「……ふっ」

大通りを行き交う人々の群れを眺めながら、乾いた笑みを浮かべるおれ。

……どうしよう。完全に道に迷ってしまった……

いやー、途中で「あっ、あそこにいるのがレイとリオンかな？」と思って変な脇道に入ったのがまずかったなぁ。

そのせいで大通りから外れた道に入ってしまったのだ。しかも結局、人違いだったし！

「ん？　あそこに見えるのは……」

とぼとぼと歩いていたおれの視界に、ふと、なんだか見たことのある建物が映った。

あの三階建ての白い外壁に、黒いシックな屋根の建物は……リッツハイム市の市庁舎だ！

た、助かった～～！　市庁舎まで行けば大通りに出られるぞ！

スキップしたい気持ちを堪えて、おれは道を進んで市庁舎へと向かう。

狭い路地を抜けたそこは、石畳によって一画がきれいに舗装されており、ちょっとした広場のようになっていた。

広場では子供たちがキャッチボールや追いかけっこをして遊んだり、脇に置かれたベンチに座ったご婦人やお年寄りたちが、和気あいあいとお喋りに花を咲かせたりしている。

そんな様子を微笑ましく眺めていると、市庁舎の建物の右手を回って、男が一人、こちらに向かって走ってきた。

年の頃は三十代後半だろうか？　黄褐色の髪と黄色の瞳を持つ、がっしりとした体つきの男性で、なんだか必死の形相を浮かべている。

なにをあんなに慌てているんだろう。不思議に思い、首を傾げていると、男の進路に一人の子供がいることに気が付いた。先ほどキャッチボールをしていた男の子だ。

男の子は投げられたボールを受け取ろうとしたところでバランスを崩し、手からボールを取り落としてしまった。そして、落ちたボールを追いかけて、男の前に飛び出す――！

「っ……！」

咄嗟《とっさ》に、おれは二人の方向に向かって走った。

そして男の子を抱きしめるようにして、二人の間に割って入る。それと同時に、おれの身体の側面に思いっきり男がぶつかった。

「ぐっ、ぅ……！」

おれとぶつかった男はどしんと音を立てて尻もちをついた。

男の子はなにが起きたのか分かっておらず、きょとんとしている。おれは「気を付けろよ」と男の子に言うと、いまだに尻もちをついたままの男に歩み寄った。

「立てるか？　すまなかっ――」

「うるせぇ、オレにかまうんじゃねぇ！」

「っ!?」

差し伸べた手を、ばしんと音を立てて勢いよく叩き落とされ、ちょっとショックを受ける。

だが、きっと彼は突然のことで混乱しているのだろう。

おれは気を取り直して、いまだに石畳に座り込んだままの男の手を取った。

「大丈夫か？　もしも怪我でもしているようなら、病院に連れていこう」

「オレに触るんじゃねェって言ってんだろ！」

しかし、おれの手は再び振り払われた。おまけに、男はおれの着ている隊服に目を留めると、一瞬ハッとした後に、苦々しい顔でおれを睨みつけてくる。

「テメェ、黒翼騎士団の奴か……！」

「……ああ。確かにおれは黒翼騎士団の団員だ」

も、もしかして、今の件について黒翼騎士団にクレームを入れるつもりなのだろうか？

いや、あの、ちょっと言い訳をさせてください！

おれが間に入らなければ、貴方は思いっきり男の子を弾き飛ばすところだったんです！

しかし、次に男が発した言葉はおれの予想を裏切るものだった。

「……っ、くそ！　じゃあやっぱりテメェも、白翼騎士団の連中と一緒になって、オレを捕まえにきたんだな！」

「え？」

捕まえるって……おれが、この人を？　なんで？

「くそっ！　オレは絶対に捕まらねぇぞ！」

「おい、少し落ち着……」

興奮状態のおじさんは、両腕を振り回しておれに掴みかかろうとしてきた。

慌てておじさんをなだめようと腕を伸ばす——が、その瞬間、足元がぐらりと傾いだ。

ハッとして見れば、先ほどの男の子が持っていたボールが足元に転がってきていた。ボールを踏んづけてバランスを崩したおれは、おじさんに伸ばしかけた腕を思いっきり振り下ろす形になり——なんと、そのおじさんの鳩尾《みぞおち》に拳がクリーンヒットしてしまった！

「っ、ぉっ……！」

かすかなうめき声をあげたおじさんは、そのままヨロヨロと二、三歩歩いた後に、どすんと音を立てて再び尻もちをついた。

そして、そのままゆっくりと石畳の上に倒れていく。

「…………」

……お、おじさん？

えっ、あ、あれ!? お、おじさーん!?

急いで傍にしゃがみ込み、おじさんの顔を覗き込む。

もしかして殺してしまったのかと血の気が引いたが、おじさんはちゃんと呼吸をしていた。スピスピと鼻息を立てているので、どうも気を失っているだけのようだ。

ど、どうしよう。とりあえずおじさんを、どこかベンチにでも寝かせたほうがいいよね？

いったいどうしたものかと混乱していると、ふいに、呆気にとられたような「え？」という声が聞こえた。

反射的にそちらに顔を向ける。すると、そこには先ほど別れたばかりの白翼騎士団の団員――レイがいた。

「――やあ、レイ。先ほどぶりだな。来てくれてちょうどよかったよ」

レイ、本当によかったよ、来てくれて！

いやぁ、地獄に仏とはこのことだね！

「あんた、なんでここに……？」

困惑気味のレイがこちらに近づいてくる。

うん。レイからしたらわけが分からないよね。さっき別れたばかりのおれが、こんなところにいるんだもん。

「いや、本当はここに来る気はなかったんだがな……ひとまず、この人をそこのベンチに運ぶのを手伝ってくれないか？」

「……オレたちがこいつを取り逃すことが分かったから、ここに来たのか？」

へっ？

「取り逃す？」

「オレたちは……あんたに助言してもらったにもかかわらず、この男をあと一歩のところで取り逃すところだった。それすらも予想の内だったたから、あんたここに来たんだろう？」

ごめん。レイって今、なんの話してるの？

この人を取り逃すって……？

そういやさっき、この人は白翼騎士団がどうのとか、絶対に捕まらないとかなんとか言ってたっけ……もしかして、このおじさんって詐欺事件の重要参考人とかなのかな？

で、レイいわく、その重要参考人を捕まえるためにおれがここに来たと……いやいや、そんなわけないだろ⁉

自分で言うのもなんですが、おれはただの迷子です！

「考えすぎだ、レイ。おれがここに来たのは本当に偶然だよ」

「………………」

しかし、レイはおれを怪訝《けげん》そうに見つめるばかりだ。

いやいや、よく考えてよ、レイさん！

おれがそんな予知能力的な勘を働かせてここに来ることができるくらい有能だったら、今までこんなに苦労してないですよ！

おれはそんな思いを込めて、悔しげな顔で立ち尽くすレイの手を掬《すく》い上げ、両手でぎゅっと握りしめた。

「タクミ……？」

「おれは、レイとリオンのことを信じている」

「っ⁉」

「だから二人が取り逃すなんて思ってないし、思ったこともないぞ。それにレイだって、今まさにこの男を捕まえようと思って来たところなんじゃないか？」

「ま、まぁ、そうだけどよ……」

「だろう？　なら安心だ。今回はたまたま、偶然におれが先にこの男と会っただけだ」

「わ……分かったから、手、離せよ……」

顔を真っ赤に染めたレイに言われて、おれは素直に彼の手を離す。

さっきも思ったけれど、レイってすぐに顔が赤くなるよな。おれといる時はほとんどそんな感じだ。うちの黒翼騎士団にはいないタイプだからすっごく新鮮である。

「レイはすぐに顔が赤くなるな」

あ、しまった。つい声に出してしまった。

「っ……おかしいかよ。そ、そうだとしてもあんたが悪いんだからな」

「別におかしくないさ。ただ、意外に可愛いところがあるんだなと思ってな」

「かっ……！」

おれがそう言うと、レイはますます顔を真っ赤にして、口をぱくぱくと開閉させる。

同世代の男子に可愛いって言うのはまずかったかな？

でも、黒翼騎士団ってガゼルをはじめ豪放磊落《ごうほうらいらく》でしたたかな人が多いから、皆と比べたらレイの反応が新鮮で可愛いなーと思って、つい……

「はぁ……あんた、オレをからかってるだろ」

「いやいや、そんなことはないぞ。………たぶん」

「おい」

恨みがましい目つきでじとりとおれを睨んでくるレイ。

でも、そんな彼はやっぱり可愛いなぁと思って笑うと、レイは首元まで真っ赤にして、目に見えて動揺した。

——さて、その後。遅れてやってきたリオンがおれがいるのを見て、非常に驚いていた。

昼食の件についてお礼を言いながら話を聞いたところ、なんとおれが気を失わせてしまった男は、リオンたち白翼騎士団が追いかけている詐欺グループの一味だということだった。

重要参考人どころか、犯人だったとはビックリである。

しかし、二人共すごいなぁ！

さっきお店で会った時には、まだ被害者たちへの聞き込みを行っている段階だって言ってたのに、まさかこんなに早く犯人の一人を捕まえるなんて……！

いったいどうやったら、犯人が市役所に勤めているんじゃないかなんて見当がついたんだろう？

おれは全然そんな考えに思い至らなかったぜ。

「——さて……はぁ、どうイーリスに説明するかな」

犯人を捕縛した二人と別れて、騎士団の隊舎への帰路を歩みながら一人ため息をついた。

……そう。詐欺グループの犯人が捕縛されたのは喜ばしい限りだが、おれには重要な問題が残っている。

今の時間は、イーリスから頼まれたおつかいと昼休憩の時間を加味しても、どう考えてもタイムオーバーなのだ。そのため、騎士団の隊舎に着いたおれは、駆け足気味に事務室へと向かった。今のこの時間なら、イーリスは他に用事がなければ事務関係の仕事をしているはずだ。

隊舎の二階の角にある部屋に向かい、扉をノックしてから入室する。はたして、イーリスはそこにいた。

イーリスは難しい顔で手元の書類を睨んでいたが、おれが部屋に入ってきたことに気付くと、にっこりと艶やかな微笑みを向けてくれた。

「おかえりなさい、タクミ。聞いたわよ、大変だったわねぇ」

事務室には、イーリス以外にも他に五人の団員がいて、それぞれの机に座って仕事を行っている。彼らもおれの顔を見て、口々に「おかえり、タクミ君」「おー、また大変だったみたいだねぇ」と声をかけてきてくれた。

意外にも、遅くなったことを怒られる雰囲気ではなさげだが……この空気はいったいなんだろうか？

「さっき白翼騎士団のリオン団長から早文《はやぶみ》があったのよ。なんでも、市役所で大立ち回りをやらかしてきたんですって？」

「お手柄だったみたいじゃないか。早文《はやぶみ》の中で、随分《ずいぶん》とリオン団長が君のことを褒めていたよ」

「それにしても、役所に勤める人間が詐欺事件の一味なんて、世も末だねぇ」

皆の話を総合すると、どうやらリオンが黒翼騎士団へ、おれの帰りが遅くなることを説明した手紙を送ってくれていたようだ。

その早文《はやぶみ》に書いてあったのか、どうやら詐欺事件のあらましについても皆すでに知っているらしい。

リオンさん……！　マジで助かったよ、ありがとう！

いやぁ、お昼をご馳走《ちそう》してくれた上に、騎士団への説明までしてくれるなんて……今日はリオンにお世話になりっぱなしだ。今度会ったらますますお礼を言っておかないとな！

「リオンが手紙を出してくれていたとは知らなかった。でも、おれはたいしたことはしてないぞ。偶然に犯人が目の前にいただけだ」

「あら？　でも、リオン団長の早文《はやぶみ》では貴方がその男を見事な手際で気絶させて捕縛した、って書いてあったわよ」

「……まぁ、男を昏倒《こんとう》させたのは事実だが……」

「それならやっぱりタクミのお手柄じゃない！　もう、タクミったらすぐ謙遜するんだから！」

席を立って近づいてきたイーリスが、茶目っ気ある笑顔で「このこのー！」と言っておれを突いてくる。

いや、あの、あの男の人を昏倒《こんとう》させたのは、ついうっかりというか……そもそもおれは男が犯人の一味だとはまったく知らなかったんだけどね！

「それにしても……タクミ君ってリオン団長のこと、名前で呼んでるのかい？　しかも呼び捨てで……」

そんな風にイーリスと話していたら、ふと、デスクに座って事務仕事をしていた団員さんに尋ねられた。おれはこくりと頷く。

「ああ。前に会った時に、名前で呼んでくれと言われたんだが……まずいだろうか？」

「そうなんだ。ああ、いや、リオン団長自身からそう言われたならそのままでいいと思うよ」

なるほど、と言った様子で頷く団員さん。

そして、隣の席に座った同僚と顔を見合わせて、何事かをひそひそと話し出す。

「……いやはや、早文《はやぶみ》の内容からも思ったが……まさかリオン団長もタクミ君にご執心とはビックリだ」

「まぁ、気持ちは分かりますよ。ガゼル団長とフェリクス副団長が目を光らせてなければ、オレも狙ってたと思いますもん」

「……お前、それ、ガゼル団長たちの前では絶対に言うなよ」

「言うわけないでしょ。オレはまだ命が惜しいです」

「こーら。アンタたち、聞こえてるわよー」

イーリスに叱られ、ひそひそ話をしていた二人はごまかすように笑った。

そんな二人にイーリスが「まったく……」と肩を竦める。

「それにしても、おつかい先でそんなコトに遭遇するなんて散々だったわね、タクミ」

「いや、おれはほとんどなにもしていないよ。帰隊するのが遅くなってすまなかった」

「全然いいのよ、それくらい。あとそうだ、リオン団長の早文《はやぶみ》、タクミへの感謝の言葉が書いてあったわ」

「そうなのか？　むしろ今回は、おれのほうがリオンの世話になったんだが――」

おれが言葉を言い終わる前に、背後でガチャリと扉の開く音がした。

反射的にそちらを振り返る。

扉から現れたのは、金糸のようなさらさらとした髪に紫水晶色の瞳を持つ、我が黒翼騎士団の副団長——フェリクスだった。

「っ……」

おれとフェリクスの視線が交差する。

フェリクスはかすかに唇を開き、なにを言うか迷うようなそぶりを見せた後、固く口を引き結んだ。そして、黙ったままますっとおれの横を抜けてイーリスのもとへ向かう。

「あら、フェリクス。どうしたの？」

「お忙しいところすみません、イーリス。実は今しがた、黒翼騎士団に商隊の護衛任務の命が下ったのですが……」

「うちに護衛任務？　随分《ずいぶん》珍しいわねぇ」

「……ええ。ガゼル団長とも話したのですが、少しきな臭い気がしまして……少し別室でお話しできますでしょうか？」

「オッケー、ちょっと待ってね。これだけ片したら行くから、先に行っててちょうだい」

フェリクスはイーリスに向かって了承の頷きを返すと、室内にいるおれたち全員に目礼をし、部屋から出ていった。

ぱたんと扉が閉じる音が、おれの耳にやけに重く響いて聞こえた。

「ああ、ごめんなさいねタクミ。話の途中で」

立ち尽くすおれにイーリスが声をかけてくる。

明るい声に現実に引き戻されたおれは、激しく鼓動する胸をさとられないように、なんとか平静を装ってイーリスに向き直った。

「いや、大丈夫だ。忙しいところ悪かったな」

「ううん！　むしろ、どんなことでもいいからいつでも顔を見せに来てちょうだいね。こいつらだけだと可愛げがなくてつまらないんだものー」

イーリスがふくれっ面になりながら、おれにしなだれかかってきた。

「可愛げと言うなら、おれなんかよりも、むしろイーリスのほうが適任だと思うが」

「あらら、嬉しいこと言ってくれるじゃない。もう、だからタクミのこと大好きよー！」

「おいおい、タクミ君。あんまりイーリスさんを調子に乗らせないでくれよ」

「……にしても、さっきのフェリクス副団長、なんか様子がおかしくなかったか？　いつもならタクミ君がいたら、絶対に声をかけるのにさ」

団員さんの指摘にどきりと心臓が跳ねる。

「んー、言われてみればそうねぇ……でも、なんか次の任務は怪しいカンジだって言ってたし、ただ単に仕事モードなんじゃないかしら？　ま、そういう日もあるでしょうし、タクミもあんまり気にしないほうがいいわよ」

「あ、ああ」

イーリスがおれの腕に自分の腕を絡ませ、安心させるようににっこりと微笑みかけてくれる。

その笑顔と言葉で、気持ちがいくらか落ち着いた。

だ、だよね！　フェリクスだっていつもいつもおれにかまってるわけにはいかないし……今日はただ、忙しかっただけに違いない、うん。

……そうだよね、フェリクス？

◆

「――予定通り、第一部隊は商隊の前方に、第二部隊は後方へお願いいたします。なにか異常事態が発生したら、信号弾で早急に知らせること」

「分かりました」

「それでは後は各自、街道までのルートを確認しておくように」

打ち合わせが終わると、皆に指示を出していたフェリクスはくるりと背を向けて歩き出した。そして皆、各自武器を携えて自分の馬のもとへ行く。

「はぁ……」

おれも皆と同じように自分の馬に向かいつつ、こっそりとため息をついた。

今日はいい天気で、舗装された街道と草原を隔てるものはなにもない。爽やかな風が青い香りを届けながら、さらさらと髪を揺らす。平時だったら、心が洗われるような光景だ。

けれど、おれの心はどんよりと暗いままだった。

――あれから一週間が経過した。

そしてフェリクスは先日の言葉通り、あからさまにおれを避けている。

……避けられていると言っても、別に無視をされているわけじゃない。

こうやって任務や訓練のたびに顔を合わせるのだし、会えば話はする。

だが、それは必要最低限のものなのだ。

仕事上で必要な会話のみで、お互いのプライベートな話はまったくしなくなった。

それに、今まではなにかあるたびフェリクスがちょこちょことおれに声をかけてくれていたのに、
それが一切なくなってしまった。

ううっ……しばらくとは言ってたけれど……いったいいつまでこの状況が続くんだろう？

もしかしてずっとこのままじゃないよね？

「どうした、タクミ。ため息なんかついて、お前らしくねーな」

「ガゼル……」

ふと頭上から声が降ってきた。顔を上げると、そこにいたのはガゼルだった。

いつもは腕章や記章をちゃっかり外していることも多いガゼルだが、今日は護衛任務のためか、
しっかりと隊服を身に着けている。

だが、それでも襟元はわざとらしくない程度に着崩しており、そこから日に焼けた首筋や鎖骨が
ちらりと覗く。

そんな彼のワインレッドの髪と隊服の黒いマントが風にそよぎ、翻《ひるがえ》る姿はまるで英雄譚のワンシーンのようでさえある。

うーむ、かっこいい。相変わらずおれには真似できない伊達男《だておとこ》っぷりだぜ……

「どうした、やっぱりフェリクスのことか？」

「あー……分かるか？」

「そりゃな。最近のフェリクスもお前も、なんか態度がおかしいからよ、気にはなってたんだぜ。あいつと喧嘩でもしたか？」

「いや、喧嘩ではないんだ。喧嘩ではないんだが……その、フェリクスから『しばらく距離を置きたい』と言われてしまってな……」

「フェリクスから？　お前がじゃなくてか？」

ガゼルは意外そうに片眉を上げる。だが、そんなとんでもない冗談をおれが言うわけない。

おれは先日のあらましについて、細部をぼやかして説明した。

……さ、さすがにフェリクスにされた行為は説明できないけれどね！

まぁ、でも、聡《さと》いガゼルのことだから、具体的なことを言わなくても、なんとなしにそういった行為があったことは察したのかもしれない。

その証拠に、おれの分かりにくい説明に対し、なにもツッコミを入れずに「なるほどなァ」と頷いた。

「まァ、あいつはよくも悪くも真面目だからな。それに、誰かに対してフェリクスがこんなに本気になったのはお前さんが初めてだろ。だから、自分で自分の感情を持て余してるんだろうよ」

「感情を持て余す……？」

肩を竦めて話すガゼルに対し、なんだかいまいちピンとこないおれ。

おれから見たフェリクスはいつも颯爽《さっそう》としてて優しくて、笑顔が王子様みたいで……自分の感情をコントロールできない性格っていうのが当てはまらないいんだけどな……？

「フェリクスはそういうタイプには見えないが」

おれがそう尋ねると、ガゼルはにやりと笑った。金瞳が蠱惑的《こわくてき》な色をたたえる。

「それだけ、お前があいつを変えちまったってことだろ？」

「っ……」

えっ、なんですかその言い方と笑み……！

め、めちゃくちゃドキドキするんですけど！

熱くなる頬を隠すように俯《うつむ》くと、ガゼルが悪戯《いたずら》な笑みを浮かべたまま、そっとおれの耳に唇を寄せた。

「ま、あいつがあんまりまどろっこしく悩んでるようなら、俺がお前を攫《さら》っちまうけどな」

そして、間近で顔を覗き込んでくる。

熱情が燻《くすぶ》る瞳に見据えられて、まるで肉食獣を前にしたように身体が硬直してしまう。

「抜け駆けする気はねェし、できる限りフェアにいきたいと思っちゃいるが……それでも、あいつのせいで元気のないお前を見るのは癪《しゃく》だしな」

「あっ、ガゼル……」

ガゼルの人差し指がゆっくりとおれの下唇に触れた。

かさついて皮膚がささくれ立ち、ごつごつと節くれだった指が、唇の形を確かめるようになぞる。

その仕草が妙になまめかしくて、ますます頬が火照っていく。

身体を引こうにも、いつの間にかガゼルの手がおれの腰に回っていて逃げられない。思わず、ぎゅっと目をつぶった。

「……ふっ、相変わらずお前は初心《うぶ》だなァ」

暗闇の中で、笑いを堪えるような、愛おしさの滲んだ声が響いた。

恐る恐る目を開くと、ガゼルが目を細めておれのことを見つめていた。

……っ、キ……キスされるかと思った……

ちょっとホッとしたような、寂しいような複雑な気分……って、寂しいってなんだ自分！

「安心しろよ、タクミ。あんまりあいつがにっちもさっちもいかねェようなら、俺が発破かけてやるからよ」

「……いいのか？」

「タクミの元気ない顔を見てるのは、俺も辛いからな。ま、その分貸し一つだぜ」

いや、貸し借りで言うならおれはガゼルに、すでに数えきれないほど貸しがありますけどね？

ほ、本当にいいのかな……？

うーん。でも、フェリクスとのことを相談して、なおかつ仲裁してくれそうなのってガゼル以外にはいないしな……

「……ありがとう、ガゼル。ひとまずおれがフェリクスに直接話してみるよ。それで駄目だったら仲裁をお願いしたい」

「もちろん、いいぜ」

「どうにもならなければ、大泣きしながら足にしがみついて縋《すが》ってみる。人の好いフェリクスだからな、そうすればひとまず話くらいは聞いてくれるだろう」

真剣に言うと、ガゼルは一瞬きょとんと目を瞬《しばた》いた。そいて、しばし間を置いてから哄笑《こうしょう》した。

「あははは、そりゃいいな！　いや、しかしタクミもそんな冗談言うんだな！」

大笑いしながらおれの背中をばしばし叩いてくる。

どうやら冗談だと思われたようだが、おれはマジである。

優しいフェリクスのことだから、そこまですれば、さすがの彼もおれと話す気持ちになってくれるだろう。

これぞ「フェリクスの同情心に付け込んで仲直りしよう」大作戦！　恥も外聞もないぜ！

よしよしと一人頷いていると、ひとしきり笑い終えたガゼルが、それでもなおもおかしそうに唇を綻《ほころ》ばせながら、おれの頭に手を伸ばしてきた。そして、いつものように髪をぐしゃぐしゃとかき混ぜて頭を撫でてくる。

「そんな冗談を言うとは、タクミも黒翼騎士団らしくなったな」

え、黒翼騎士団の基準ってそこなの？

「そんなお前の冗談ついでに、俺から一つ言っておく」

そして、ガゼルがおれの耳に顔を寄せた。

「今回の護衛任務はどこかきな臭い。分かっていると思うが、あまり一人にならないようにしろ」

「……分かった」

どこがどうきな臭いのかはおれにはさっぱりだが、ガゼルが真剣な顔をしていたので、おれも神妙にこくりと頷いた。

「ま、なにもなければ、今の俺の言葉もただの冗談だったことにしといてくれ」

そう言って、ガゼルは最後にもう一回だけおれの頭をぐしゃぐしゃとかき混ぜて去っていった。

そろそろ出発時間が近づいてきたから、護衛任務の対象者を正門へ迎えにいくのだろう。

おれは慌ててガゼルの背中に「話を聞いてくれてありがとう」と告げると、彼は振り返らないままひらひらと片手を振ってみせた。

か、かっこいい……！　おれが同じことをやっても「首でも寝違えたのか？」としか思われないだろうに、ガゼルがやるとどうしてこんなに様になるのだろうか。

しかし……話がちょっと抽象的だったけど、ガゼルの言いたいことはつまり「一人で自分勝手な行動をせずに、隊の調和を乱さないよう心がけろ」ってことだよね？

なにせ、おれには前科があるもんな。

前回の山賊討伐任務では、一人でトイレに行った挙句、道に迷って山賊のボスと遭遇し、先日の『イングリッド・パフューム』へのお遣いでは、道に迷って市役所前で一悶着起こすという前科二犯……思い返すと、さすがにひどいな自分。

ガゼルの忠告はもっともだし、おれはもっと反省しないといけないな……

……よ、よーし！

今回の護衛任務は、皆と一緒の団体行動を心がけるぞー！


ガゼルと別れ、自分の馬を繋いだ場所に行くと、そこにはイーリスがいた。イーリスが赤毛の馬の首筋を優しい手つきで撫で、馬は気持ちよさそうに目を細めている。

その隣にいるおれの馬が、なんだか羨ましげな目でこちらを見つめてきたので、同じように撫でてやった。イーリスよりも下手だろうけど許してほしい。

「……それにしても護衛とは。こういう任務は珍しいな」

「そうなのよねぇ。普通、護衛任務なんて、うちみたいな騎士団を指名してくること、まずないんだけれど……」

イーリスは首を傾げてそう呟いた。

今回の任務は、王都リッツハイム市からワズロー市まで向かう商人の護衛だ。

ワズロー市は隣のオステル国との国境に一番近い都市であり、そのため、この国における貿易流通の要の都市の一つでもある。昨今はポーションを他国へ輸出するようになったため、さらに賑《にぎ》わいをみせているようだ。

おれたちが護衛する商人も同様に、仕入れたポーションを自分の国へと運搬するため、王都からワズロー市へ向かうという。

ただ、商人や貴族が街道を行くために護衛を雇う場合、冒険者を募るのが常だそう。

しかし今回は、リッツハイム魔導王国の友好国であるオステル国の商人で、リッツハイムの貴族が以前から贔屓《ひいき》にしていた商会とか。その商人から「この国の冒険者には馴染《なじ》みがないから、言い値を払うのでそちらの騎士団の人員をお借りしたい」と申し出があったそうな。

そのため、リッツハイムの貴族が騎士団の上層部に依頼をし、この一風変わった護衛任務となったらしい。

「貴族経由の依頼なら、なおさら白翼騎士団を指名しそうなものなんだけれど。あとは、赤翼騎士団とかかしら」

珍しい任務だなーと思っていたのだが、イーリスも同じ気持ちだったらしい。

そうだよねー、やっぱり黒翼騎士団に護衛の任務ってあんまりないよね。

……いや、あの……うちが護衛に向いてないってわけじゃないよ？

わけじゃないけどさ、やっぱりその……黒翼騎士団って血気盛んな人が多いからさ、ね？

「今回の任務、ちょっと嫌な感じがするわ……タクミも気を付けてね？　なるべく一人になっちゃ駄目よ？」

「ああ、先ほどガゼルにも忠告された。心がけるとしよう」

さて。今回の任務に選抜されたのは、団長ガゼル、副団長フェリクスと幹部のイーリス、そしておれを含む団員十五名のメンバーだ。

でもメンバーの中に、イーリスがいるのは心強い。彼はとても話し上手だし、他人へのフォローもさりげなく行ってくれる。護衛任務には最適だろう。

……しかし、イーリスは分かるけれど、なんでまたおれが選抜されたんだ？

聞くところによると、今回の人選は先方の意向があったらしいけれど……

なお、ワズロー市までの距離は早馬なら一日とかからない。しかし、今回は馬車での移動なので二日から三日程度を予定している。

そして現在、おれたちは王都を囲む外壁の正門の外で、護衛対象と合流するために待機をしている最中である。

本来ならば、もうとっくに合流し、出発しているはずなのだが……護衛対象と、それを迎えにいったガゼルたちがまだ来ないのだ。

そのため、おれは時間潰しのためにこうしてイーリスと他愛のないお喋りを続けているというわけだった。

「あっ。あれじゃないかしら？　……なんだかガゼルもフェリクスも、難しそうな顔してるわねぇ」

イーリスが視線を向けたほうを見る。

正門を抜けてこちらに来たのはガゼルと、フェリクス、そして二人に付き従っていった団員二名。

そして、その後ろから、顎髭《あごひげ》を生やした恰幅《かっぷく》のいい壮年の男性と、その男性の左右を固めるようにして歩く二十代半ばの男が二人。あの三人が今回の護衛対象なのだろう。

彼らをぼーっと眺めていたら、恰幅《かっぷく》のいいおじさんとバッチリ視線がかち合った。そして、ニヤリと笑みを投げかけられる。

なんだかまるで、ヒキガエルが目の前の羽虫を見つめる時のような笑みだ。

「……あまり感じのよくなさそうな人ねぇ。タクミ、ちょっと気を付けるのよ？」

「ああ、分かった」

イーリスがおれにだけ聞こえる声でぼそりと呟くと、ガゼルたちのもとへと歩き出した。

きっと護衛対象の方たちに挨拶をしに行くのだろう。

さーて、おれも気を引き締めないとな。

イーリスの言う通り、初めての護衛任務なんだ。粗相をしないように気を付けないと！

相手はわざわざ黒翼騎士団を指名してくれたのだ。

そんなに黒翼騎士団を気に入ってくれている人の機嫌を損ねたら大変だ。

おれは気持ちを新たにしながらガゼルたちを眺める。

イーリスも合流して、ガゼルとフェリクス、そしておじさんと従者のお二人、計六人で何事かを話し合っているようだが……なんだろう、ガゼルたちの表情があまり穏やかじゃないな。なにかあったんだろうか？

心配になりながらじっと眺めていると、不意に、護衛対象であるおじさんがこちらを向いた。

すると、彼はなにを思ったのか、真っ直ぐおれに近づいてきた。

いきなり場を離れたおじさんに、ガゼルとフェリクス、イーリスが驚いた顔をしているのが見てとれた。

「ほうほう！　お前が、噂の黒髪黒目の騎士団員かね」

そして、おれの目の前に来たおじさんは、頭の天辺から足の爪先までをじろーっと眺め回してきた。

いきなりどうしたんだろう。おじさんが乗る馬車はあっちですよ？　教えてあげたほうがいいのかな？

「おれになにか？」

「いやいや。兼ねてから噂の〝黒〟を持つ人間をぜひ近くで見てみたいと思ってのう。ふむ……いや、だがこれは期待以上だ。顔立ちもなかなかであるし、これならさぞかし……」

おじさんはニタニタと口端を歪めながら、おれを舐めるように見続ける。

ああ、そういえば黒髪黒目って珍しいんだっけ？

だからってわざわざおれなんかを見に来るとは、物好きだなぁ。

おじさん、もしかして動物園にパンダの赤ちゃんが生まれたらさっそく見に行っちゃうタイプ？

結構ミーハーなんですね！

「黒髪黒目が珍しいといっても、実際にはこんなものだ。さぞかし落胆《らくたん》されただろう」

「いやいや、そんなことはないさ！　ぜひ、もっと間近で見せてもらいたいものだ……おお、そうだ！　私たちの馬車はまだまだ空きがある。ワズロー市までお前も一緒に乗るがよい！」

「……おれが馬車に？　誘っていただいたところ悪いが、護衛のおれが同乗するわけには」

「遠慮するな！　万が一、野盗に襲われた場合、馬車の中に護衛が一人くらいいたほうが私たちも安全だしのう。さあ、もう出発時間はとうに過ぎておるのだ。早く乗るがよい」

そ、それならなおさらおれ以外の人がいいのでは？

こんなモヤシが一人いても肉の盾くらいにしか使えないよ？

っていうかそれを差し引いても、護衛の方と一緒の馬車とか絶対ムリ！

緊張し過ぎて馬車酔いする自信がある！

でも、なんて言って断ろう。護衛対象の方々の機嫌を損ねちゃうのはまずいよなぁ……

「――トレヴァス様、そちらの団員がどうかなさいましたか？」

恰幅《かっぷく》のいいおじさんがおれの腕を掴みかけた時、ガゼルがなんだか怖い顔をしてこちらに歩み寄ってきた。

イーリスとフェリクスは、従者さん二人と何事かを話し合っているようだ。しかし、ちらちらとこちらを心配そうに窺《うかが》っている。

ご、ごめんガゼル！　おれがおじさんに迷惑をかけてないか心配になったんだね⁉

「ガゼル……こちらの方が、外の護衛だけでは不安だと……だからおれにも馬車に乗ってほしいと仰っているんだが」

「ふむ、そうなのですか？　私たち、黒翼騎士団では力不足だと？」

ガゼルはおれとおじさんの間に身体を割り入れると、見たことのない冷たい眼差しでおじさんを見下ろした。

精悍《せいかん》で威容を誇るガゼルがそういった表情をすると、非常に凄味がある。

「い、いえ……そういうわけではなくてですな……」

ガゼルの態度に、おじさんはたじろいだ。

「よかった。では、このままでかまいませんね。なにかご不安なことがあれば遠慮なく私に申し付けください」

厳しい表情から一変、ガゼルは穏やかに笑う。だが、そこには相手に有無を言わせない迫力があった。

おじさんが苦々しい顔で頷くのを見届けた後、ガゼルに背中を押されるようにして、その場を離れる。おじさんから充分に距離を取ったところで、おれはこっそりとガゼルに囁《ささや》いた。

「……助かった、ガゼル。おれではなんと言って断ったらいいか分からなくてな」

「気にすんなよ。それにしてもこの依頼、やっぱきな臭いな。お前の配置は後方に回すから、なるべくあいつらとは接触するな」

「……分かった」

後方の配置かー。

しょうがないか。さっきのおれ、おじさんに対して、あんまり上手に応対できなかったもんなぁ……。

自分の至らなさが申し訳なくなり「すまないな」と謝ると、ガゼルは「気にするなって言っただろ」と笑って、おれの頭をぐしゃぐしゃと撫で回す。

気遣いは嬉しいけれど、その優しさがちょっと心苦しい。

……でも、仕事なんだからな。これ以上、泣き言を言ってもしょうがない！

幸い、おじさんとは離れた配置にしてくれるみたいだし。

気を取り直して、任務を頑張ってこなそう……！

◆

——こなそうと、思っていたんだけど。

「タクミと言ったか？　やはりお前の〝黒〟は非常にそそられるのう。生まれはリッツハイムなのか？」

「いや、おれの生まれはこの国ではない」

「ほう！　ではどこから来たのだ？」

護衛対象のおじさんが、なんかめっちゃくちゃおれに絡んでくるんですけどーー!?

おれたちは王都を出発した後、ワズロー市へ向けて街道を進んでいたのだが、その合間合間におじさんは「腹が痛い」、「疲れた、休憩する」、「あそこの景色が見たい」と何度も何度も馬車を停止させてしまった。

本来ならば今日は、ワズロー市へ向かう途中にある城壁都市で一夜を過ごすはずだったのだが……出発が大幅に遅れたことと、幾度も馬車を停めて休憩をしてしまったことが響き、もうすっかり太陽が傾き始めてしまった。

日が沈めば、夜行性のモンスターも活発に動き出す。このまま無理をおして進むのは危険だとガゼルは判断した。

もしもおじさんたちや馬車の積み荷になにかあれば、黒翼騎士団の責任になる。相手はよその国の商人だし、下手をすれば政治的な問題になりかねない。

そのため、おれたちは予定を変更し、ワズロー市へ向かう途中にある農村に泊まることとなった。以前訪れたトミ村よりも大きいそこには、幸い、しっかりとした宿屋があった。

まぁ、野宿になったとしても、こういう事態を想定して野営に必要な荷物は持ってきてるんだけどね。でも、宿屋に泊まれるならそれに越したことはない。

なので、おれたちは馬車に積んだ自分たちの荷物を宿屋に運び入れていたのだが……

「……おれの生まれ故郷は小さい島国だからな、名前を言っても分からないと思うが」

「ふむ。では、お前の親はどうだったのだ？　親も黒髪黒目だったのか？」

「まぁ、そうだな」

「なんと、それは素晴らしい！　今、お前の親はどこにいるのだ？　連絡は取れるのか？」

あー、もう！

なんでこのおじさん、おれにこんなに話しかけてくるかな!?

おじさんのお付きの男性二人はニヤニヤしながらこっちを見てるだけで、なにも言わないし！

「おれの親は……今はいない」

「なんだ、つまらん。死んだのか？　まったく期待させおって」

ちょ、ちょっと!?　勝手にうちの両親を殺さないでください！

二人共元の世界でちゃんと元気ですよ!?

訂正しようかどうしようかと迷っていると、おれの名前を呼ぶ声が聞こえた。

見れば、宿屋の裏口でイーリスがおれを手招きして呼んでいる。この場を離れられることにホッとしながら彼のもとへ向かう。

「どうした、イーリス。なにかあっ……」

「ああ、もう！　ほんっとにムカつくわねアイツら！」

小声で怒鳴るというなかなか難しい芸当をこなすイーリス。珍しく眦《まなじり》を吊り上げて怒っている。

「もしかして、おれが困っていたから助けてくれたのか。悪いな、うまく対応できなくて」

「タクミが謝ることないわよ！　それにここに来るまでの休憩の最中だって、何度も何度もあんな連中に話しかけられて……タクミだって疲れたでしょう？　かわいそうに」

イーリスは、よしよしとおれの頭を撫でてくれる。

うん、そうなんだよねー。あのおじさん、事あるごとにおれのところに来て話しかけてくるんだよ。

黒髪黒目が珍しいからだと思うけど……たいして面白い受け答えもできないし、おれなんかに話しかけてもつまらないだろうになぁ。

「気にかけてくれてありがとう。そういえば、この後はどうするんだ？」

「このまま宿屋に泊まって、明日の朝出発よ！　もー、早いところあんなヤツら、ワズロー市にちゃっちゃと送り届けましょ！　あ、タクミは一番奥の部屋を使ってね。あいつらから最も遠い部屋で、ガゼルと相部屋だから、一番安全よ！」

ガゼルと同じ部屋ですと⁉

そ、それもそれで気を使うかな……！

しかし、おれのためを思って配置してくれたイーリスに文句を言うわけにもいかない。

「分かった。宿屋の周辺の見張りはどうする？」

「荷物を置き終わった後、皆で集まった時に決めるから、整理が終わったら食堂に来てちょうだい」

分かったとイーリスに頷き、おれは自分の荷物を早いところ宿屋に運んでしまうことにした。

とはいえ荷物は多くないので、皆もすぐに片づけ終わり、それほど時間が経たない内に食堂に集まる。

宿屋の周辺を見張るのは、ガゼルとフェリクス、イーリスを除くメンバーの内、三人ずつが交代で行うことになった。

おれの担当は夜の零時過ぎからなので、早めに食事を取った後で仮眠を取ることにする。季節的にあまり寒くなくてよかった。

でも、零時過ぎの見張りかー……ちょっと憂鬱《ゆううつ》だ。

幽霊とか出たらどうしよう……般若心経《はんにゃしんぎょう》って、この世界の幽霊にも効くのかな？

「――タクミ。今、大丈夫か？」

「ガゼル？　どうかしたか」

夕食にはまだ少し時間があるので、いったん部屋に戻ろうかと考えていると、ガゼルがおれに声をかけてきた。

「たいしたことじゃねェんだが……少し話せるか？」

「もちろんかまわないぞ」

皆や他の宿泊客の邪魔にならないように、食堂の隅のテーブルに移動して、二人で席に着く。すると、ガゼルが神妙な顔で尋ねてきた。

「……大丈夫だったか？　あんな奴の言葉で動揺するお前じゃねェってのは分かってるけどよ……」

「動揺って言うと……ああ、おれの親の話か」

どうやらさっき、あのおじさんに「お前の親はもう死んでるのか」と言われたことを気にしてくれていたらしい。ガゼルは優しいなぁ。

でも大丈夫！

おれの親が死んだ前提で話が進んだ時にはびっくりしたけど、不快ってほどじゃない。

おれの答え方も悪かったし、人間なら誰しも勘違いはあるしね！

「おれのことなら大丈夫だ。気にかけてくれてありがとう」

それよりも、任務の最中にガゼルがわざわざおれを気にかけて、声をかけてくれたことが嬉しい。

微笑んで礼を言うと、ガゼルがホッとしたように笑ってくれた。

「悪いな。あんな奴らと分かってりゃ、無理を通してでもお前を今回の任務から外したんだけどよ」

「いや、おれがうまく流せないのが悪いんだから、気にしないでくれ。それより、見張りは宿屋だけでいいのか？」

「ん？」

「馬車はいいのか。積み荷があるんだろう？」

「ああ……彼らに聞いたところ、積み荷は従者の二人が見張るって言ってたぜ。それに、騎士団が宿屋を見張るから大丈夫だろうってな」

肩を竦めて答えるガゼル。だが、おれはその言葉に首をひねった。

「二人だけで？　……騎士団が宿屋を見張るとはいえ、わざわざ王都まで仕入れに行った積み荷なら、もっと慎重になってもよさそうだが……なにか他にあるのだろうか」

ふーむ？　従者の人が交代で馬車の中で寝泊まりするのかな。

馬車の中で寝るのはキツそうだけれど、おれも元の世界じゃ電車の中で寝過ごして違う駅に行ったりしたし。そう考えるとできないこともないだろう。

……荷は二人が見るだけで事足りると思うほど、おじさんは黒翼騎士団を信頼してくれてる、ってことかな？

なーんだ！　そういうことなら、おじさん、案外いい人じゃないか！

そう考えれば、さっきおれにやたらと話しかけてきたのも、きっと黒翼騎士団の他の皆がカッコいい人ばかりだったから気が引けちゃったんだね。

そこで、一番地味で暇そうな新人っぽいおれに話しかけることにしたというわけだ。そう考えればおじさんの行動にも、悲しいかな合点《がてん》がいく。

一人頷くおれとは対照的に、正面にいるガゼルはなにかに気が付いたように、ハッとした顔になった。そして、何事かを考え込んだ後、ひそやかな声で喋り始めた。

「――いや、確かにその通りだ。さっそく王都まで馬を飛ばしてみるぜ。その分、見張りが一名抜けることになるがかまわんか？」

「うん？　いいんじゃないか？」

なんだかよく分からないが、団員一名が王都までとんぼ返りするらしい。大変だなぁ。

「じゃあタクミ、なにか嫌な思いをしたらすぐ言えよ」

「ありがとう。おれもうまくかわせるように頑張るよ」

それからおれとガゼルはそれぞれ席を立った。食堂を出ようとしたところで、入れ違いで来たフェリクスとばったり出くわす。

「っ！」

久々に間近に見るフェリクスに、おれはなにか言ったほうがいいのか一瞬迷う。

フェリクスもまた、迷うように紫水晶の瞳を揺らした。だが、すぐに視線を逸らされてしまう。

「……お忙しい時にすみません、ガゼル団長。イーリスを見かけませんでしたか？」

「あいつなら宿屋の裏手にある、井戸のほうに行ったぜ」

「ありがとうございます」

フェリクスは小さく頭を下げると、すぐに俺たちに背中を向けて行ってしまった。そっけない態度に、ガゼルが眉を顰《ひそ》める。

「なんだ、あいつ。……お前を避けてるってのは知ってたが、ここ最近はずっとあんな調子なのか？」

「……ああ、そうなんだ。謝ろうにも、なかなか話すらできなくて……」

しょんぼりと肩を落とす。すると、ガゼルが慰めるようにおれの頭をわしゃわしゃと撫でてくれた。

「あいつの悩みはおおかた想像がつくが……ったく、だからってこんなに可愛いタクミをないがしろにするとは、しょうがねぇ奴だなぁ」

「っ、ガ、ガゼル……おれは別に可愛くないぞ」

「なんだよ、照れてんのかー？」

ガゼルはわははと笑いながら、さらにうりうりとおれの頭や頬を撫で回す。

可愛い可愛いと言われるのはちょっと、いや、かなり恥ずかしかったが、おかげさまで気持ちが浮上した。

きっとガゼルは落ち込むおれを気遣ってくれたのだろう。胸の中がじんわりと温かくなる。

その後、あてがわれた部屋でしばし休息を取り、食堂で作ってもらった夕食を食べてから、自分の見張りの交代時間まで仮眠……とはならなかった。

「――偵察によれば敵影は二十名だ、気を抜くんじゃねェぞ！　もしかするとまだ潜伏している野盗がいる可能性もある！　第一班、第二班は村人の避難誘導、俺は第三班と共に迎撃に向かう！」

「「「ハッ！」」」

まさかさー、村に野盗が攻め込んでくるとか、間が悪いにも程がない？

それは、ちょうど部屋で仮眠をとろうとした時だった。

おれがベッドに入ったのと時を同じくして、数名の野盗たちが村の一番手薄な場所から侵入し、なんと村のあちこちに積んであった藁《わら》や木材に火を放ったのである。

幸い、宿の周辺を巡回していた団員が小火に気付き、なんとか火は広がらずに済んだものの、そこから一気に村の中に野盗たちが侵入してきた。

明かりの少ない農村では、夜の闇は野盗に味方する。

そのため、戦闘能力のない村人たちは、副団長であるフェリクスをリーダーとした騎士団員の誘導で、村のはずれに避難してもらうことに。

おれともう一人の団員さんは、このままおじさんと従者二人の護衛だ。それ以外のメンバーは、団長であるガゼルを筆頭に野盗の迎撃に向かう。

やたらとおじさんがおれに絡んできたことを気にしてか、ガゼルは最初、おれを村人の避難誘導のほうに組み込もうとしてくれた。

だが、何故か、野盗襲来の知らせを聞いたおじさんが、おれを護衛にめちゃくちゃ推してきたんだよね。断るとまた変にモメて時間がかかっちゃいそうだったし。

まぁ、きっとおじさんも、ちょっとでも顔見知りがついてるほうが安心するんだろう。

さっきのことはちょっと鬱陶《うっとう》しいといえば鬱陶《うっとう》しかったけど、彼も悪気があったわけじゃないんだろうし。

「タクミ……いいか？　無茶はするなよ？」

「ああ、ガゼルもな」

そうは言っても、ガゼルやフェリクスたちなら野盗ぐらいどうってことないだろうけどね！

むしろ問題はおれだよなー。ちゃんとおじさんを守ってあげないと……！

ガゼルはおれの言葉に無言のままコクリと頷くと、ちらりとフェリクスやイーリス、他の団員たちと目配せを交わした。それを受けた皆もまた無言でガゼルに頷き返す。

え、なにこれ？　……もしかしておれだけハブられてる!?

思ってもみなかった事態に、むしろ野盗襲来の知らせを聞いた時よりもショックを受けながら、おれは一階にある宿屋の食堂へと向かった。

この宿屋の主人とそのご家族はすでに避難所へ誘導済みだ。そのため、ここに残っているのはおれともう一人の団員さん、それに護衛対象のおじさんと従者の男性二名だ。この従者の人たちは護衛を兼ねているということなので、剣を腰に携えている。

それにしても、この従者さんはよほど腕に覚えがあるようだ。こんな時でも慌てず騒がず、むしろニマニマとした笑みをいっそう深くしておれを見つめてくる。

すごい。この状況で笑っていられるとは……よっぽど腕に自信があるんだな、頼もしいぜ！

「やあやあ、まさか野盗とは！　まったく怖いのう……」

言葉とはまったく正反対に、何故か従者さんと似たようなニマニマ笑いでおれにすり寄ってくるおじさん。

そんなに怖いなら、おれじゃなくて従者さんの傍にいたほうがいいと思うんだけどな？

……はっ⁉

ま、まさか――肉の盾作戦を今こそ実行するつもりなのか⁉

もしも野盗がこの宿屋にまで押し入ってきたら、おれが野盗にボッコボコにされている隙に、自分は従者さんと逃げる気だな⁉

くっ、でもそれがおれの仕事なんだから、仕方がないといえば仕方がない……！

というか呪刀抜きのおれの実力じゃ、マジでその程度しかできないしな。

まぁ、でも今日はガゼルを筆頭に頼りになるメンバーが揃ってるし、野盗がここまで抜けてくることはないだろう。

とすると……むしろこの配置って一番楽では？

なんだ、おれってばめちゃくちゃラッキーじゃん！

「しかし、ううむ……やはりこのタイミングでの襲撃は、野盗どもは我々の積み荷を目的に、この村に攻め入ってきたとしか考えられんわい。怖いのう、怖いのう」

そうは言いつつも、おじさんは相変わらずのヒキガエルに似たニマニマ笑顔だ。

もしかして、恐怖のあまり正常な判断力を失ってるのだろうか？

おれも怖すぎて、引きつった笑いしか出てこないことは往々にあるから気持ちは分かるよ！

この前、魔王と相対した時がそんな感じでした！

「おお、ご主人様、そのお気持ちももっともでございます。それでは一度、宿屋の周辺を見てまいりましょうか。……おい、そこの男。お前も供をしろ」

従者の一人が、一緒に待機していた団員さんを指さして一方的に告げる。あんまりな態度だったが、団員さんは表情を変えないまま首を横に振った。

「今はむしろ、みだりに外に出るほうが危険です」

「なんだ、雇い主の命令に逆らうっていうのか？　アァ？　大体、お前たちが碌《ろく》な見張りを置かねぇから村に野盗が入り込んだんじゃねェのかよ」

「……フェリクス副団長が村の周囲にも見張りを置こうかと話していた時、それを却下して、宿屋の周辺を重点的に見張るようにと言ったのは、貴方の主人だったかと記憶しているのですが」

「なんだ、その口の利き方は！　いいから黙ってついてくればいいんだよ。それともオレ一人で行かせるつもりなのか？　それでオレになにかあったらどうするんだ、アァ？」

よくもこんなにツンデレヒロインみたいな台詞《せりふ》がポンポンと出てくるなぁ、この人。

『い、いいから黙って一緒に来てよね！　あたしを一人にする気!?　あたしになにかあったら、アンタが責任取ってくれるのよね……！』みたいな？

想像するとますます面白くなってしまい、笑いを抑えきれなかったおれは、うっかり「ふっ……」と声を漏らしてしまった。

「なんだ？　なにがおかしいんだテメェ」

「いや、元気なことだと思ってな。そんなに余裕があるとは、随分《ずいぶん》腕に覚えがあるようだ」

「っ……！」

何故か従者さんはものすごい目つきで、顔を真っ赤にしてこちらを睨んできた。

え、なんで？　おれ、めちゃくちゃ褒めたのに。

人が殺せそうな超絶怖い目つきでおれを睨みつけてくる従者さんと、それを受け止めながら大困惑なおれ。

その視線の攻防を止めてくれたのは、なんとおじさんだった。

「おい、やめろ。……いやいや、悪かったのう。うちの若い者がいささか血気にはやったようだ。だがそれも、忠義のあまり私を心配してくれてのこと。どうか水に流してやってくれ」

「……ああ、分かっている」

よ、よかったーー！

おじさん、間に入ってくれてありがとう！

こんな状況でなければおじさんに思いっきり感謝の念を伝えたいところであったが、いまだに従者さんが苦々しい顔でおれたちを睨みつけていたので自重する。

しかし、おじさんがおさめてくれたとはいえ、場の空気は最悪なものになった。

す、すごい気まずい……

そんな場の空気を変えようとしたのか、おじさんが再び「おお、そうだ」と口を開いた。

「そういえばお前……タクミは黒翼騎士団に何故入団したのだ？　その容姿なら、ちょっと可愛い顔をして男に媚《こ》びれば、騎士団の給金なんぞよりもはるかに割のいい職に就けただろうに」

「……まぁ、成り行きだな。黒翼騎士団が海賊バドルドを討伐した時におれがたまたま居合わせたのがきっかけだ」

よく意味が分からなくてスルーしちゃったけど『男に媚《こ》びれば』ってどういうことだろ。

なんで男限定なの？　女の子じゃダメなの？

……もしかして、暗におれが女の子にモテないってことを揶揄《やゆ》されてるのか？

よ、余計なお世話です！

「ほう、海賊バドルドとな！　あの〝連撃〟のバドルドをのう……そういえば、最近バドルドの元一味だった山賊も捕えられたと聞いたが」

「ああ、彼も先日の任務で黒翼騎士団が捕縛した」

ふふん、黒翼騎士団はすごいでしょ！

そんなにすごい黒翼騎士団の団員が、今日はこんなにいっぱい護衛についてるんだからさ、おじさんも従者さんも、大船に乗った気でどーんと構えててくれよな！　ほら、船頭多くして船山に上るって言うし！

……いや、それだとちょっと違うな。っていうかそれじゃダメだな。

「ふーむ……山賊を討伐した任務にはお前も同行したのか？」

「ああ、そうだ」

「ふむ、それではやはりそれなりに腕が立つ……少し面倒……いや、でもそのほうが価値……が……」

何事かを考え込むように、おじさんは顎《あご》に手を当て、ブツブツと呟く。

しかし、外は今いったいどうなっているんだろうか。

喧噪《けんそう》はまだ遠くのほうで聞こえている。でも、こちらには近づいてこないから、きっと皆がうまくやってくれているんだと思うけど……

そう思ってふと窓の外を見る——すると、一瞬だけよく見知った人影を目にした気がした。

だが、きっと気のせいだろう。彼がここにいるわけがなかった。

今のおれが心細く感じている気持ちが、幻覚を見せたに違いない。

「その山賊とやらの討伐はどうだったのだ？　お前も戦ったのか？」

窓に目を向けていたおれに、おじさんが再び先ほどの話の続きを振ってきた。

それにしてもこのおじさん、本当に話好きだなぁ。

外では騎士団と野盗が戦ってる最中なのに、よくこんなにいろいろと世間話をする気分になるな？

まるで自分は野盗に襲われないと思っているかのような、余裕綽々《しゃくしゃく》の笑顔である。

でも、それだけ黒翼騎士団を信用してくれてるってことだよな！

こんなにおれと山賊ワッソのエピソードを聞きたがるのも、きっと黒翼騎士団の戦歴を聞きたいからだろう。

うんうん、それならおれも語るにやぶさかじゃないぞ。話してたほうが気もまぎれるしね！

「山賊ワッソは……腕が立つというよりは、山賊にしては頭の切れる男だったからな。どちらかというと人の裏をかくことが得意なタイプの男だったな」

「頭がいい？　山賊ごときがか？」

「ああ、たいした男だった。アジトにはワッソと名乗る男がいたんだが、そいつは替え玉だった。入れ替わった本物は一人で逃げようとしてな……」

まさかそんな手を使うとはねぇ。

でも、山賊とはいえ、ボスが部下を置いて一人で逃げるなんてよくないぜ！

あ、いや、そもそも山賊行為そのものがよくないことなんですけどね。

そういやあのワッソとやら、随分《ずいぶん》と海賊バドルドを慕っていたみたいだった。あの二人はどうも同じ監獄に送られたらしいと風のうわさで聞いたので、再会できていればいいね。

「ふっ……入れ替わりとは、単純だがいい手だ。そう思うだろう？」

「っ……！」

ワッソたちのことを思い返しつつ、おじさんに話を振る。

だが、いきなりおじさんの顔が険しくなった。心なしか、傍にいる従者二人の顔も強張っている。

えっ、どうしたの？

急に室内に満ちた緊張感に驚きながら、目の前のおじさんを見つめる。すると、

「ふ、ふふ、ふふふふ……そこまで分かっているのなら仕方がない！」

「────っ⁉」

何故かおじさんは、血走った眼をしながら笑った後、くわっとおれを睨みつけた。

「おい、こうなりゃ強硬手段だ！　幸いお目当てはここに残ってる。予定よりは早いが、今の内にやるぞ！」

「分かったぜ、ボス」

おじさんの怒号を聞いた従者さんは、おもむろに剣を抜くと、その切っ先をおれたち二人に突きつけた。

えっ、えっ……えええええええぇっ⁉

いやいやいや、なんで⁉　どうしたの⁉

ま、まさか……野盗襲撃に恐れおののくあまり、恐怖が限界突破して錯乱状態に陥《おちい》ってるのか？

どうしよう、とおれはもう一人の団員さんに視線で問いかける。

団員さんは無言のままこくりと頷いてみせると、その腰に提げていた剣をするりと抜いて、従者二人に向かい合った。

って、なんでー────⁉

この人たち、おれたちの護衛対象だよ⁉

なんで護衛対象に剣を突きつけちゃってるの⁉

あわわわと焦るおれをよそに、団員さんは毅然《きぜん》とした口調でおじさんたちに話しかける。

「団長が懸念されていた通り、やはり貴様ら、オステル国の商人ではないな？　本人はどうしたの…………えっ？

だ⁉」

「ふん、あいつは私の仲間が捕えておるわ。とはいえ、そこの黒髪黒目の男を捕らえた後はもう用済みだがな」

「やはりタクミ君が狙いか……お前たちのような輩がよくもこの神聖なるリッツハイムにのうのうと足を踏み入れてくれたものだ。二度とこの国の土を踏めぬようにしてやる！」

「ハッ、やってみろ！　たった二人でどこまで抵抗できるかな？　今頃、お前たちの仲間も、もう息をしていないだろうよ」

「ほざけ！　奴隷商人風情に後れを取る我々ではない！」

怒鳴り合いを始めたおじさんと団員さんのやり取りに、ポカーンとなるおれ。

え……えっと？　おじさんが奴隷商人で？

実は本物じゃなくて、本物の商人と無理やり入れ替わって、本人は野盗に捕まってて？　外の野盗も実はおじさんの仲間で？

つ――つまり、おれはおじさんに騙されてたってこと⁉

ガーンと落ち込むおれを尻目に、おじさんは従者から剣を受け取り、それを構えて団員さんに対峙した。

そして、従者の男二人もおれを前後から取り囲むようにして、剣の切っ先を向ける。

「今の内に大人しく投降しな。どうせ一人じゃ勝ち目はねぇさ」

「傷をつけたら商品価値が下がっちまうからな。お前も痛い目は見たくないだろう？」

同意はしたくないけど、まったくだね！

確かに痛い目は見たくないし、おれ一人ではこいつらに勝てるビジョンとかまるで見えてこない。

……呪刀を使えばいけるか？　うう、でも呪刀には使用後のデメリットがあるしなぁ……

なんとかコイツらをビビらせて退散させる方法があれば……！

「ふっ……無駄なことを」

「んだと⁉」

「どれだけそちらが数で勝っていようが、お前ごときがおれたち、黒翼騎士団に勝てるわけがない。お前たちこそ、今のうちに武器を捨てて投降すれば、痛い目を見なくて済むぞ？」

「舐めるんじゃねぇよ、若造が！」

あ、やっぱりダメ？　ですよねー。

おれの必死の呼びかけも空《むな》しく、むしろ従者の男二人は激高して襲いかかってきた。

少し離れたところで団員さんと切り結んでいるおじさんが「おい、顔に傷はつけるなよ！」と叫んでいるのが聞こえる。

顔だけじゃなくて、全身傷つけないように言ってくれてもいいんだぜ！

前方の男がおれに剣を振るってくる。咄嗟《とっさ》に食堂のテーブルに回り込んで、凶刃を避ける。その隙に、腰に帯刀していた呪刀を抜いた。

窓から差し込む蒼い月光を受け、一瞬だけ、刃がきらりと白く光る。まるでこれから行われる戦いを歓んでいるようだ。

——その瞬間から、おれの身体は自分の意思とはまったくかけ離れた動きを取り始めた。

床を蹴り上げ、一息にテーブルの上へと飛び乗る。

テーブルの向こう側にいた男が目を見開き、おれの足を剣で切りつけようとする。だがそれよりも先に、おれの足が男の顎下《あごした》を蹴り上げていた。

「ぐ、ぉっ……!?」

男の身体がぐらりと傾ぐ。ぐるりと白目を剥《む》いて、膝からどさりと床の上に崩れ落ちた。

「なっ……！　お、おい、起きろ！」

もう一人の男が叫ぶものの、床で寝転がった男は脳震盪《のうしんとう》を起こしたようで、起き上がってくる気配はない。

『カースド・コレクション』と呼ばれているこの呪刀は、持ち主を勝手に操り、自動的に戦闘行動を取らせる。本来は迷惑でしかない効果だが、この世界に来るまでケンカすら一度もしなかったおれにとっては逆にありがたい。

おかげさまで、こうして男の内一人をなんとか制圧できたようだ。

「これでお互い一対一だな？　大人しく投降するか？」

「く、くそっ……！」

おれはテーブルから床に降り立つと、再び目の前の男に投降を促した。

だが、やはり彼が聞いてくれることはなさそうだ。それどころか、ますます表情を険しくさせておれに剣を突きつけてくる。

「――おい、これが見えねぇのか！」

「っ!?」

その時、後方から怒声があがった。振り返ると、先ほどのおじさんが団員さんの首元に剣を当てていた。

団員さんの剣は遠く離れた床に転がってしまっており、見れば、利き腕の二の腕から血を流している。

「タクミ君、すまない……！　私のことはいいから、君は団長と合流しろ！」

「おい、逃げるんじゃやねぇぞ！　こいつがどうなってもいいのか！」

団員さんは必死の形相で逃げろとおれに叫ぶ。しかし、おじさんは顔を赤黒くして逃げるなと喚き立てた。

「っ、卑怯《ひきょう》な……」

「タクミ君……すまない……っ。私のことはいいから君は逃げてくれ！」

泣きそうな団員さんに、おれは微笑んで頷いてみせる。

大丈夫、大丈夫！　だって、ガゼルたちがすぐに助けに来てくれるだろうしね！

おれたちのやり取りを見たおじさんは、唇をめくりあげてニヤリといやらしい笑みを浮かべた。

「ふふふ、物分かりのいいことじゃねぇか。安心しな、お前はできる限り高く売ってやるから――ぅ、グッ!?」

だが、その言葉は最後まで形にならなかった。

おじさんが剣を持っていたその手の甲に、いずこかから音もなく飛んできた短剣が刺さったからだ。

あれは、イーリスの投げナイフ……！

そうか、やっぱりさっき窓の外にイーリスがいたように見えたのは気のせいじゃなかったか！

ありがとうイーリス、大好きです！

だが、おじさんが剣を取り落としたのを見るや、おれと対峙していた男は素早く切りかかってきた。紙一重の差でその切っ先をかわすと、おれは刀を掴んでいないほうの手で、傍にあった椅子を片手で持ち上げ、男の顔面に向かって投げつける！

「ぐおおっ⁉」

正面から飛んできた椅子を思いっきり顔面に受け、男がうめき声をあげる。

が、すぐに体勢を立て直しておれに再び突っ込んできた。やはりあの程度では男を昏倒《こんとう》させることはできなかったようだ。

でも、それでいい。

一瞬だけでも、時間を作れたらいいのだ。

団員さんはおじさんが剣を取り落とした隙に、素早く自分の剣が転がる方向へと駆け出していた。

その無防備な背中を狙って、おじさんが逆の手で掴み直した剣を振るおうとする——その直前に、おれは二人の間に滑り込み、呪刀に導かれるようにして、右手を振るった。

瞬間――キィンと甲高く、そして澄み切った音が響く。

「………へっ？」

見ればおじさんの手に持っていた剣は、その半ばからきれいに切断されていた。おじさんは呆然として、自分の持っていた剣――正しく言うなら刃先のあったところ――を見つめている。

なお、切断された剣の先はひゅんっと風切り音を立てて飛んでいったかと思うと、おれを追ってきていた男の頭にスッコーンと当たった。

無防備な頭に一撃を受けた男は、数秒、千鳥足でふらふらと歩いたものの、がくりと床に膝をついてそのまま気を失った。

「………へっ？」

おじさんはますますわけが分からないといった様子で、倒れた男を見つめる。

しかし、おれの持っている呪刀はそれでも容赦がない。戦意を喪失しているおじさんの鳩尾《みぞおち》を、思いっきり刀の峰で殴りつけた。

「グ、おおッ……!?」

おじさんは口から泡を噴きながら、床にがくりと崩れ落ちる。すかさず団員さんが駆け寄って、素早くその身体を縄で縛り上げた。

……よかった。どうなるかと思ったけれど、なんとか三人を制圧することに成功したようだ。

外の野盗と黒翼騎士団の皆はどうなったかと、窓に目をやる。すると、よく見知った人物が窓枠を乗り越えて部屋の中に入ってきた。

「お疲れ様、タクミ！　向こうも制圧完了したわよー！」

「そうか、よかった。さっきはありがとうな、イーリス」

艶やかに微笑むイーリスが片手を上げてきたので、その手にハイタッチをすると、ぱんっと小気味いい音がなった。その様子からして、騎士団の皆や村人に被害は出ずに済んだのだろう。本当によかった。

すると、おれとイーリスのところに三人を縛り上げた団員さんが寄ってきた。

「イーリスさん、タクミ君……私の不注意で迷惑をかけて申し訳なかった」

そう言って頭を下げてくる団員さんに、おれは慌てて首を横に振る。

「いや、そもそも貴方が一緒にいてくれなかったら、おれもどうなっていたか分からない。だからお互い様だ。なぁイーリス？」

「そうよそうよ！　貴方に背中を預けられたからタクミだって全力で戦えたんじゃないの！　ほら、あたしたちの圧勝だったんだし、そういうのは言いっこなしよ。ねっ？」

「圧勝だったのか？」

「もちろんよー。ガゼルが早い内に王都に頼んでいた増援が合流して、そこからは多勢に無勢でこっちの圧勝……って、タクミったらとぼけちゃって！　ガゼルに進言したのはタクミなんでしょう？」

………うん？

おかしいな。激しい戦闘の後だからか、盛大に聞き間違えをしたみたいだ。

えーっと……おれが、なにをガゼルに言ったたって？

「だから、タクミが言ったんでしょう？　馬車の積み荷の警護をつけないのはあまりにも怪しいって」

「それで、ガゼル団長が王都に早馬を出して、王都で改めてあの貴族の身元を調べさせたんですよね」

「そうしたら最初にワズロー市から入国したオステル国の商人の特徴や年齢とあまりにもかけ離れているから、黒翼騎士団でこれはおかしいっていう話になって……」

「野盗たちに攫《さら》われたオステル国の本物の商人のほうも、黄翼騎士団が救出に向かったそうですから、まもなく本拠地も制圧できるでしょう」

…………ん？

やばい。二人がなんの話をしているのか全然分からん。

ま、まぁ、本物の商人さんたちがちゃんと助かるようならなによりだね！

それより気になるのは……あのさ、もしかしてこの話しぶりだとガゼルもフェリクスもイーリスも、それどころか、おれ以外の騎士団の団員全員、おじさんたちが悪者だって知ってたの⁉

気付いてなかったのって、おれだけ⁉

う、うわぁ……めっちゃ恥ずかしい……！

こうなれば、あまり下手なことを二人に言わないでよかったかもしれない。

言ったら最後、「えっ、タクミ君は気付いてなかったんですか？」、「えっ……うそ、あんなにあからさまに怪しかったのに？」と思われていたところだった。

……よーし！　このままなに食わぬ顔で二人に話題を合わせよう！　うん、それがいいよね！

◆

——その後、村を襲った野盗は一人残らず討伐され、捕らえられていた本物の商人も無事、オルトラン団長率《ひき》いる黄翼騎士団の手によって救出された。

今回のからくりは、まず奴隷商人の一団がリッツハイム魔導王国に入国する前の、商人の一団を誘拐。その後、入れ替わった彼らは商人が持っていた割符や証明書類を利用して、黒翼騎士団に護衛依頼を出したという流れだった。

ただ、奴隷商人側の入れ替わりの手口があまりにも鮮やかすぎることや、黒翼騎士団へ指名依頼を出したことを鑑みると、もしかするとリッツハイム側にも奴隷商人の手引きをした者がいるのではないか……とのこと。

悪辣《あくらつ》な手口もだが、そもそもリッツハイム魔導王国では奴隷の売買は固く禁じられている。そのため、この件は厳しく追及されるだろうということだ。

「……ひとまずは一件落着、ということかな」

村での後片づけや住民の安否確認、野盗の捕縛と引き渡しがすべて終わった頃、もうすっかり東の空は白み始めていた。

もともと護衛任務を請け負っていた騎士団のメンバーは、ひとまず今日は予定通りにこの村の宿屋に一泊してから、明日の昼過ぎに王都へ帰還することになった。

明日の昼過ぎっていっても、もう今日だけどさ！

このまま王都へ帰還することもできなくはないが、さすがに夜通し戦い続けた後なので、皆体力の限界だった。それに、昨夜の襲撃の直後で村人たちもまだ不安だったようだ。騎士団が残ってくれると聞いて、ホッと安堵の表情を浮かべていた。

「っ、んっ……」

それに、おれも宿屋に一泊できるのは嬉しい。

何故かというと――さっきの戦闘で使った呪刀のデメリットが絶賛、発動中だからね！

代償は主に麻痺《まひ》状態か発情状態だが、今回は後者のようだ。

ああ、もう、これさえなければめちゃくちゃいい武器なのにな！　使い勝手が悪すぎる……！

「はッ……っ……」

おじさんたちを捕縛した後、おれは手に刀を持ったまま住民たちの安否確認や誘導を行っていたのだが、部屋に戻って刀を鞘《さや》に納めた瞬間に、この状態異常が一気に襲いかかってきた。

大きく息を吐いて、必死になにか他のことを考えて気を紛らわせる。

今回、ガゼルと相部屋なんだよなぁ……幸いにもガゼルはまだ部屋には帰ってきていない。

トイレに行こうかとも考えたんだけれど、この宿屋のトイレ、一階に男女別に一つずつあるだけなんだよね。そのためおれが長い時間そこを占有することもできない。かといって野外に行くのはもっての外だし。

「んっ、ぅ……」

かなり辛いけれど、仕方がない。しばらく毛布にくるまった状態でじっとして――

「――タクミ？」

「っ⁉」

そんなことを考えていたら、おれの顔をガゼルが覗き込んでいた。いつの間にか部屋に帰ってきていたらしい。

整った顔がいきなり目の前に現れたことで悲鳴をあげそうになったが、既《すんで》のところで耐えた。

「ガゼル……戻ってきていたのか」

「ちょうど今な。お前が俺に気付かないなんて珍しいじゃねェか」

毛布にくるまってベッドに座り込んでいるおれを、金色の瞳が不思議そうに見下ろす。

だが、すぐに彼は合点《がてん》したように頷き、毛布の中に手を滑り込ませた。

「んっ……！　ぁ、ガゼルっ……」

「ああ、やっぱりか」

二人分の体重を受けて、ぎしりとベッドが軋《きし》んだ音を立てる。

なんとか平静を取り繕おうとして、黙ったままガゼルを見上げる。

だが、ガゼルにはバレてしまっているようで、その手はゆっくりと、しかし有無を言わさない強引さで毛布をはぎ取った。

「ガゼル……その、今回はそんなにひどい状態じゃないんだ。多分、じっとしていればすぐに解消されると思うから」

おれの言葉を聞いたガゼルが眉を顰《ひそ》める。

「その間、俺はお前が一人で苦しんでるのを黙って見てろってか？」

うっ。そ、そうだよね……隣でハァハァしているヤツがいたら、ガゼルだってゆっくり寝てられないよね……

しょうがない。やっぱりここはおれが部屋を出ていくしか……って、ちょっと⁉

「お、おい、ガゼルっ……！」

「ほら、いいからじっとしてな。本当は結構辛いんだろ？」

「辛くはあるが、でも、さっきも言った通り、今回はじっとしていればすぐに治ると思っ……ぁっ！」

「そうやって遠慮するのって、お前の悪い癖だぜ？」

いや、遠慮っていうか……むしろ「やぁガゼル！　ちょっとおれの自慰に付き合ってくれない？」って頼むのは死ぬほどハードルが高すぎるし、人としてどうよ？

そんなことを考えていると、ガゼルがおれの頬に指を滑らせた。かさついて節くれだった指が、優しくおれの顔を撫でる。

「それに……今回は悪かったな。任務とはいえ、タクミに嫌な思いをさせちまった。罪滅ぼしってわけじゃねェが、これぐらいのことはさせてくれよ」

彼にしては珍しく、苦々しい顔で呟くように告げる。

嫌な思いって……あれか？　おじさんにまんまと騙されてたこと？

それとも、騎士団の皆はおじさんの正体に気が付いていたのに、おれだけ置いてけぼり状態だったこと？

まぁ、確かにショックだったよ。自分の察しの悪さにね！

「あの偽商人とのことなら、おれは気にしてないぞ」

だが、ガゼルは悔しげに顔を歪ませると、おれの身体をぎゅうっと掻き抱いた。まるで、おれがここにいることをしっかりと確かめるかのように。

「ああ、あんな下衆《げす》どもにどうにかされるお前じゃねェってのは、俺だってよく知ってるさ。……それでも、イーリスからあいつらと対峙していたお前の話を聞いた時には肝が冷えた。もしもお前になにかあったら、俺は悔やんでも悔やみきれねェ」

「ガゼル……」

………どうしよう。

おれ、あのおじさんたちと戦ってる時、特になんの策も考えてなかったんだけれど……

考えてないどころか「まぁ、ガゼルたちがすぐに助けにきてくれるから大丈夫でしょう！」って感じでめちゃくちゃ他力本願だったよ？

「ガゼル……買い被ってくれているところ悪いんだが、正直、おれはなんの考えもなかった」

「は？」

ガゼルが驚いた様子でこちらを見下ろしてくる。

そりゃそうだ！　仲間が敵の人質になった挙句、自分も大ピンチだっていうのに、なにも考えてなかったとか言われたらそりゃ驚くよね。どれだけ能天気だよ。おれだよ。

「たとえなにがあっても、ガゼルがすぐに助けに来てくれると信じていたからな」

「っ！　タクミ……」

「だが今度からは――ん、ぅ」

しかし、おれが言葉の続きを言う前に、ガゼルが覆いかぶさるように口づけてきた。

ぬるりと舌が口を割って入り込み、顎《あご》の裏をくすぐり、舌に絡みついてくる。

それと同時に、ガゼルの手がおれの下履きをずり下ろしていた。そして、あっという間に下半身からすべて取り払われてしまう。

「つぁ、ガゼル……！」

「ふっ……たいした殺し文句だぜ。本当に可愛い奴だよ、お前は」

喜びを抑えきれないと言わんばかりの、満悦とした顔のガゼルが、あらわになったおれの下肢へと手を伸ばした。

そして、指先がやんわりと頭をもたげ始めている陰茎に触れる。

発情状態で昂っていた身体はひどく敏感になっていて、ガゼルに優しく触れられただけで、びくりと腰が跳ねる。その様を見て、ガゼルが笑みを深める。

「タクミのここは、いつでも初々《ういうい》しい反応が返ってくるなァ？」

「んっ、ぅ、ぁっ……」

ガゼルの指先が、亀頭《きとう》を撫でさする。優しいが、あまりにももどかしい刺激に身をよじらせる。やんわりと触れられるだけでどんどんと陰茎が張りつめていく。じわじわと弱火であぶられるようで、たまらず腰が揺れた。

「ほら。ここ、こうやって触れるの好きだろ？」

「あっ、ん、んぅ……っ！」

「……にしてもあの野郎。お前の名前を何度も何度も、馴れ馴れしく呼びやがって……隙あらばお前にベタベタ触ろうとするし、とんでもねェ奴らだったぜ。ったく、王都に戻ったら関係者は全員牢屋にぶち込んでやる」

なんだか怖いことを言いつつ、ガゼルはそのままおれの陰茎を掌で包み込み、ゆっくりと丁寧に幹を扱《しご》いた。

指先が雁首《かりくび》や亀頭《きとう》をくすぐるように触ったり、少しだけ握力を強めてやんわりと締めつけたりする。緩急をつけた愛撫に、陶然とし、思わずベッドのシーツを両手で掴む。

「んァッ！　っ、ガゼルっ、それっ……ふ、ぁッ！」

身をよじっても、ガゼルの掌はおれの陰茎をしっかりと締めつけて離さない。快楽から逃げることが一切できず、次第に、先端から透明な液体が滲み始めた。

先走りを指に絡ませたガゼルは、いっそう淫猥《いんわい》に指を蠢《うごめ》かせる。彼に翻弄《ほんろう》され、いつの間にかおれの陰茎は完全に頭をもたげていた。

そして、再び、ガゼルがおれに口づけた。

口中にガゼルの舌が入り込み、おれの舌と絡んだ瞬間、亀頭《きとう》を指先で強く扱《しご》かれた。

「んっ………ふ、っ……！」

口内をガゼルの舌がねぶってきたため、声はすべて喉の奥に呑み込まれた。だが、キスをされていなかったら、大きな声をあげていただろう。

完全に勃起しきった陰茎はぶるりと痙攣《けいれん》した直後——白濁液を勢いよく吐き出した。それはガゼルの掌を汚しただけでは飽き足らず、シーツの上にも飛び散る。

「っ、ぁッ、ぁあ……っ！」

「お、いっぱい出たなァ？　なんだ、自分じゃしてねェのか」

掌を汚すどろりとした白濁液を、ガゼルは愉しげな顔で見つめた。そして、おれに見せつけるように、指先についた精液を舌先でぺろっと舐める。

「でも、タクミのここはまだ満足してねェようだな」

ガゼルはおれの上から退くと、金色の瞳でおれの下肢を見下ろした。

彼の指摘通り、そこは今しがた精液を吐き出したばかりだというのに、再び芯を持ち始めている。

残念ながら、呪刀の効果はまだ続いているらしい。下腹部の奥には熱が燻《くすぶ》っている。

だからといって、このままガゼルに付き合ってもらうわけにもいかない。

「ガゼル、手間をかけて悪かったな……でも、おれはもう大丈夫だから」

「んー？　でも、こっちはまだ物足りなさそうだぜ？」

「た、確かにまだ勃ってはいるが、でもさっきよりは楽になっ……っ、んぅっ⁉」

ガゼルが指先でピンっと先端を弾いたことで、ビクッと身体が跳ねる。

「っ、あ、ダメだって、ガゼルっ……！」

おれの制止も空《むな》しく、ガゼルはやわやわと幹を擦《こす》り、鈴口から丸く蜜が盛り上がる。法悦に浸り、気が付くと陰茎は完全に勃ち上がっていた。

それでもどうにか止めてもらおうとガゼルに腕を伸ばしたが、その前に彼は身体をずらしておれの下半身へと移動した。

もしかして、もう終わりにしてくれるのだろうか？

期待を込めてガゼルを見つめたが、しかし、それは束の間で砕け散った。

ガゼルはおれの太腿を割り開いたかと思うと、足を両腕で持ち上げた。そして、その中心ですっかり赤い艶を取り戻した先端へ顔を寄せる。

「ひぁっ……⁉　ガ、ガゼルっ、そんなところっ……⁉」

ガゼルはそのまま、勃然とした先端に舌を這《は》わせた。

ぎょっとして彼の肩に手を伸ばそうとするも、体勢のせいでまったくうまくいかない。その合間にも、ガゼルは陰茎を舌でねぶる。

「んっ……」

「ぁ、ガゼルっ、そんなの駄目だって……ひぅっ！」

下腹部がぶるぶると震えて、涙が零れる。

そんなおれを上目遣いで見たガゼルは、唇をにやりと吊り上げ蠱惑的《こわくてき》に笑うと――おれの陰茎をゆっくりと口内に迎え入れた。

「ぁア、ッ⁉　んゥッ、ふっ、ぁ……！」

唾液をまとった舌が裏筋を擦《こす》り上げ、口蓋で亀頭《きとう》を揉みしだかれる。クチュクチュと卑猥《ひわい》な水音を立てながら攻められ、もはや声を抑えることすら意識できなくなった。

全身の毛穴からドッと汗が噴き出し、全身が熱くなっていく。

「ぁ、あっ、だめっ、ガゼルっ……ぁ、んああッ！」

そして、じゅるるっ、と音を立てて性器を吸い上げられた瞬間――背筋を凄《すさ》まじい快楽が奔《はし》り抜け、おれは呆気なく二度目の絶頂を迎えた。

「はっ……ぁ、んっ、ぅ……ふっ！」

持ち上げられた足の指先がぴんっと突っ張る。目の前で真っ白な光がチカチカと乱反射している。

だが、ガゼルはまだおれを解放してくれなかった。尿道に残った白濁を絞り出すように啜《すす》り上げ、口内に溜まった精液をごくりと飲み干してしまった。

「ぁ……ガゼル、そんなの、飲んじゃ駄目だ」

「これぐらい、なんてことないぜ。お前のもんだしな」

ガゼルは征服欲をあらわに、熱っぽい瞳でこちらを見下ろす。そして、おれの太腿に顔を寄せた。

内腿のやわらかい皮膚にかりっと歯を当てる。

吸い付かれるような軽い痛みと共に、紅色の小さな花が咲いた。

「あまり痕を残すと、他の奴らに見られた時に大変だろうが……ここならいいだろ？」

「っ、ぅ……」

「いつかはお前の身体中に痕を残してやりてェが……ま、それはお前の気持ちが決まるまでおあずけだな」

内腿に残ったキスマークにちゅっと音を立てて口づけたガゼルは、そう言って再びおれの陰茎を口内へと含んだ。

って、ガゼルさん⁉

ちょっ、ま、待って、おれもう二回イってるんだけど⁉

「す、少し待てガゼ……ひぅッ！」

ガゼルは性器にしゃぶりつき、頭を上下させながら全体を容赦なく吸い上げる。それに合わせて、部屋の中にはじゅちゅっ、ちゅるるっ、といやらしい水音が激しく響く。

「あっ、ァっ、ゃあッ……ぁ、それやだっ、ガゼルっ……！」

透明な先走りが鈴口から滲んだ先から、音を立てて吸われてしまう。あまりにも強すぎる刺激に、持ち上げられた足がガクガクと震える。

「ガ、ガゼル、それっ、強すぎっ……ん、ふあぁァっ！」

「ん、く……っ」

達してしまいそうになり、ガゼルの髪を掴んでいやいやと首を横に振った。このままでは、また彼の口内に精を吐き出してしまう。だが、ガゼルは動きを止めるどころか、よりいっそう強く口を窄《すぼ》めた。同時に、舌の腹で幹を扱《しご》かれる。

もう、ガゼルの存在以外、なにもかも分からない。苦しいくらい気持ちよくて、おれの頬に生理的な涙がボロボロと伝っては落ちていく。

「あっ、ァっ、だめっ、だめっ……！　ひっ、ぁあああッ！」

ちゅううっと音を立てて先端を吸われた瞬間――おれの陰茎から、三度目とは思えないほどの勢いで白濁液が噴き出した。

「っ、あっ、ぁ……」

射精している最中でもかまわず吸われ、ビクッビクッと身体が痙攣《けいれん》する。

ようやくガゼルがそこから顔を離してくれた時には、全身が火照り、真っ赤に染まっていた。汗と精液が混じり合い、シーツをぐっしょりと濡らしている。

「っ、ぁ……ハっ……」

はぁはぁと肩で息をする。立て続けに逐情《すいじょう》し、頭がぼうっとしてしまう。

ガゼルはおれの足を下ろすと、上体を起こした。

その形のいい肉厚な唇に、おれの吐き出した白濁液がついてしまっている。きっと口内にも溜まっているはずだ。早く吐き出してもらわないと……

そう思って心配しながらガゼルを見つめる。だが、ガゼルはおれと視線が合うと悪戯《いたずら》っぽく笑い――そのまま覆いかぶさってきた。

「んっ……!?」

合わせられた唇から舌が入り込み、苦く、どろついた液体を流し込まれる。

その液体の正体が、自分が先ほど出したものだとすぐに分かったが、吐き出そうにもガゼルにキスをされている状態だ。彼に返すわけにもいかず、おれは仕方なしに、ゴクリと喉を鳴らして粘ついた液体を飲み込む。

「――っ、げほっ、けほっ！　っ、ガゼル……」

「ははっ、悪い悪い。怒ったか？」

唇を離すと同時に咳き込むおれの頭を、ガゼルがよしよしと撫でてくる。

「っ、な、なんでこんな……」

「いや、お前があんまり素直で可愛いからよ。時々、いじめたくなっちまうんだよなァ」

「……せめて手加減してくれ」

目尻に涙を滲ませながら、恨めしげにガゼルをねめつけた。

でも、さっき自分のものをガゼルに飲ませてしまった手前、あまり強く出られない。

うー、喉がイガイガするぅ……

せめてもの仕返しにと、ガゼルの髪を指先で引っぱる。

硬いが指通りのよい髪は、昔、元の世界で近所の柴犬を撫でさせてもらった時のことを思い出させた。

面白くなってそのままガゼルの髪を指先でちょいちょいと弄《いじ》り続ける。ふと気が付いたら、ガゼルがちょっと驚いたようにおれを見つめていた。

あ、ごめん、もしかして痛かった？

だが、ガゼルは怒るわけでもなく、むしろ愛おしそうに目を細めた。親指でおれの眦《まなじり》をゆっくりと撫でる。

その優しい指先が心地よくて、思わず瞼《まぶた》を閉じる。すると、ガゼルが再び唇を重ね合わせてきた。

今度は唇に触れるだけの、温かいキスだ。

「んっ……」

いまだに彼の唇には青臭い味が残っていて、それが自分の吐き出したものだと分かると、なんだか恥ずかしいような、申し訳ないような、複雑な気分になる。

「……ん、ぅ……ふっ」

ガゼルの開いた唇に自分の舌をそっと差し込むと、ガゼルの金瞳がわずかに見開かれた。しかし、特に拒否はされなかったので、そのままゆっくりとガゼルの口内に入れた舌を動かす。舌先で、彼の歯列をおずおずとなぞり、口内に残っている液体を舐め取った。

「ん、っ……ふ」

いつもはガゼルにしてもらってばかりだから、自分からこういうキスをするのは初めてだ。思っていた以上に難しくて、何度か、ガゼルの犬歯に舌先を当ててしまって痛い思いをした。すると、そのたびにガゼルがおれの頭を撫でながら、優しく舌を絡ませてリードしてくれる。

「んっ……ぷはっ」

キスに集中するあまり、呼吸をすっかり忘れていた。

ガゼルから唇を離すと、おれはぜぇぜぇと肩で息をする。すると、ガゼルがおれの身体をゆっくりと抱きしめて、頬をぴとりと触れ合わせてきた。彼の熱い体温が心地いい。

「タクミからキスしてくれるなんて、珍しいじゃねェか。嬉しかったぜ」

いや。はじめはキスというより、なんかこう、おれが出したもんだからおれが後始末しなきゃ悪いなぁと思ったんだよね。でも、やってみたらかなり難しくてビックリしたぜ……

「でも、うまくなかっただろ？　ガゼルみたいにはできなかったな……」

「そこが可愛いくて、いいんじゃねェか。そんなにうまくなりたきゃ、俺がいつでも練習台になってやるよ」

ガゼルがからかい混じりに笑いながら、おれの頭をくしゃくしゃと撫で回す。

彼の大きな掌で触れられると、言葉にできないほど心地よくて、安心する。しばしの間、撫でられるままでいたが、不意に涙が滲みそうになり、慌てて彼の肩口に顔を埋めてごまかした。

「……タクミ？　どうした、おい」

だが、ガゼルには気付かれてしまったようだ。おれはガゼルの肩口に顔を埋めたまま首を横に振った。

「っ、違うんだ……すまない。ちょっと気分が緩んで、思わず」

「謝らなくてもいい。言っただろ？　俺はお前が頼ってくれたり、甘えてくれたりするのがなにより嬉しいんだぜ」

ガゼルは突然泣き出したおれを、優しく包み込んでくれる。そして、幼子にするような仕草でぽんぽんと背中を叩いた。

張りつめていたものが解れ、ますます目に涙が滲んだ。ぎゅっとガゼルの首にしがみつく。

「フェリクスのことか？　それとも、今日のあいつらのことか？」

「ん……そうだな。ちょっとここ最近、いろいろ続いたから、少しな」

「………………」

そうなんだよ、最近いろいろ続いたからなぁ。リオンがガゼルのことを好きだってことが判明して、フェリクスには突然「距離を置きます」って言われて……かと思えば、魔王がいきなりコンニチワしに来るし！　挙句の果てには、今回の、護衛対象のおじさんに裏切られるというプチショッキングな出来事だ。

あまりにも色んなことが重なって、いっぱいいっぱいだった。ギリギリのところで自分を堰《せ》き止めていたけれど、ガゼルの優しい抱擁《ほうよう》と言葉によって一気に決壊してしまった。

「……ったく。タクミを泣かせやがって、なにしてんだアイツは。やっぱり俺が発破かけてやんねェと駄目か」

ガゼルがおれの背中を撫でながら、悪態をつくように呟く。

――と、その時だった。

「――ガゼル団長、タクミ。まだ起きていらっしゃいますか？」

ノック音と同時に――フェリクスの声が扉一枚を隔てた向こうから響いてきたのである。

「っ！」

フェ、フェリクス……！

ど、どうしよう、なにか急ぎの用事だろうか？

とりあえず服を着ないと……いや、部屋の換気が先か!?

とりあえずしばらく部屋の前で待っててもらうことに……

「おう、いいぞフェリクス。入ってこい」

って、ガゼルさーーん!?　な、なんで!?

驚愕と非難を込めてガゼルを見ると、彼の腕がぐいっとおれの腰に回された。そのまま抱き上げられ、ガゼルに背中を預けて膝の上に乗り上げる形になる。

って、ちょっ、この体勢はますますまずいですよ!?

「失礼しま――」

案の定、扉を開けて部屋に入室したフェリクスがぎしりと固まった。

ご、ごめんフェリクス、変なものを見せて……！

慌てて毛布を引き寄せて身体を隠そうとするも、何故かその腕すらガゼルに掴まれ止められてしまう。

それどころか、ガゼルはまるでフェリクスに見せつけるようにして、おれの下腹部をゆっくりと掌で撫でてきた。臍《へそ》の周りを人差し指でくるくるとくすぐられ、びくりと腰が揺れてしまう。

「どうかしたか、フェリクス？」

パニックになっているおれと硬直しているフェリクスを尻目に、平然とした態度のガゼル。

どうかしたかっていうか、どうかしてるよ⁉

「と、捕らえた盗賊と奴隷商人たちが無事に王都に送り届けられたと報告が来ましたので……その……」

なに食わぬ態度を崩さないガゼルに気圧《けお》されたのだろう。フェリクスはこの状況に対してなにを突っ込むこともなく、しどろもどろになりながら言葉を続けた。

けれど、この状況でも後ろ手ですぐさまドアを閉めてくれたのはさすがだと思う。

「そうか、そりゃなによりだ。で、報告は以上か？」

「え」

鷹揚《おうよう》な仕草で頷いたガゼルは、真っ直ぐにフェリクスを見据えた。

フェリクスは紫水晶色の瞳を揺らして、立ち尽くす。

「わ、私は……」

「報告が終わったのなら、部屋に戻っていいぜ。なぁ、タクミ？」

「っ、ぁ、ガゼルっ……」

ガゼルがおれの耳をはむりと唇で甘噛みすると、再びびくりと身体が跳ねてしまった。

視線を感じて顔を上げると、こちらを凝視していたフェリクスと目がばっちりと合ってしまう。

フェリクスは顔を赤らめながら、唇を開いた。

しばらくなにか言いたげに口を開閉していたが、結局は苦しげに顔を歪ませ、俯《うつむ》いた。

そんなフェリクスを見ていたガゼルは、小さな声でぼそりと「うーん……まだ発破かけてやらねェとダメか？」と呟く。そして、再び「悪ィなタクミ、もうちょっと頼むぜ」と囁《ささや》いた後、その手をおれの胸に伸ばした。

「ひぁっ！　ぁ、ガゼルっ、そこ、だめっ……！」

「お、もう勃ってんな。なんだよ、そんなに触ってほしかったのか？」

「んぅっ、ぁっ！」

ガゼルの指がくりくりとおれの胸の上で赤く色づいていた乳首を捏《こ》ねる。

まだ発情状態が続いていることもあって、先ほど精液を吐き出したばかりの陰茎が瞬く間に反応してしまう。

「っ、タクミ……」

フェリクスがおれの名前を呼ぶ声に、顔が真っ赤になるのが分かった。

ガゼルの膝に座っている体勢のせいで、正面にいるフェリクスは、ガゼルの指で弄《いじ》られている乳首や、勃起し始めている陰茎が見えてしまっているだろう。

――っ、め、めちゃくちゃ恥ずかしい……！
ガ、ガゼルさん!?　さっきの言葉で、ガゼルがフェリクスに対してなにかをやろうとしているのは察しがついたから抵抗はしなかったけど……でもやっぱり一回待ってもらってもいいかな!?　っていうかおれ、さっき「せめて手加減してください」って頼んだばかりですよね!?　聞いてました!?
「っガ、ガゼル団長！」

ガゼルにタンマをかけようと思った矢先、フェリクスが声を荒らげた。

「おう、なんだ？」

「ガゼル団長、タクミを離してください。その……か、彼は嫌がっているように見えます」

「ふぅん……そうなのか、タクミ？　俺に触られるのは嫌か？」

ガゼルに聞かれて、おれは答えに詰まる。

え、えーっと……ガゼルに触られること自体はまったく嫌じゃない、けど。

……いや、この状況に限って言えば、もう勘弁してくれという気分ではあります！

でも、そもそも最初のきっかけは、おれが発情状態になって苦しんでるのを見兼ねて、ガゼルが手を貸してくれたんであって……だから、その、なんて言ったものだろうか……？

そんなことを考えつつ黙ったままでいると、フェリクスはぎゅっと拳を力強く握りしめた。眉を顰《ひそ》め、苦渋に満ちた表情を浮かべている。

そんなフェリクスを、ガゼルは静かな眼差しで見つめていた。

だが、しばらくしても一向になにも言おうとしないフェリクスに、ガゼルはやれやれと肩を竦め、そしてゆっくりと唇を開いた。

「フェリクス——お前、報告なんてただの建前なんだろう？」

まるで、子供を諭すような優しい口調でガゼルがフェリクスに語りかける。

フェリクスは困惑した様子でガゼルを見つめ返した。

「お前さ、本音はただ単純にタクミが心配だったんだろ？　タクミにかけられた厄介《やっかい》な魔術のことを知ってるのは、俺とお前だけだからな。だから、タクミがまた一人で苦しんでるんじゃないかって心配で来たんじゃねェのか？」

「…………」

え、そうだったのフェリクス？　おれのこと、心配して来てくれたの？

期待を込めてフェリクスを見つめるも、しかし、彼は眉根を寄せて、苦しげな表情のままだ。

「……っ、私は……」

「お前が認めねェなら、悪いが俺はこのまま一人で楽しませてもらうぜ？　タクミもまだまだイきたりねェって言ってるしなァ」

って、ガゼルさん⁉

おれ、むしろその正反対の気分ですけど⁉

「タクミ、今まででもう三回もイったんだぜ？　さっきなんか、涙目で俺に縋《すが》ってきてよ……くくっ、可愛かったなァ。ほらタクミ、足開きな。今夜だけで何回イけるか試してやるよ」

そ、それって新手の死刑宣告ですかね⁉

あっ、ちょ、ガゼル！　そ、そこ本当にだめっ……！

「だ――駄目です！」

しかし、ガゼルの手がおれの下肢に触れることはなかった。

その寸前で、こちらに一瞬にして詰め寄ってきたフェリクスが、ガゼルの腕を鷲掴んだからだ。

「い、いくらガゼル団長と言えど、これ以上は許せません！　私は……私だって、タクミを愛しています！　まだ彼の気持ちは決まっていないのですから、ガゼル団長だけが、そんなことをタクミにする権利はないはずです！」

珍しく、眦《まなじり》を吊り上げてガゼルを睨みつけるフェリクス。

だが、対するガゼルの態度は飄々《ひょうひょう》としたものだった。

「なら、さっさと仲直りしちまいな」

「っ！」

ガゼルは掴まれた腕を気にする風もなく、にっと白い歯を見せて笑ってみせる。

「フェリクス、お前も今日のことで分かったろ？　タクミのことを狙っている連中はわんさかいるんだ。取り返しがつかなくなって後悔する前に、素直にこいつの傍にいてやれよ」

「……ですが……私にそんな資格があるのでしょうか」

「資格？」

フェリクスはガゼルの腕をゆっくりと離すと、そのまま肩を落として項垂《うなだ》れてしまう。

「私は……タクミの傍にいると、自分の感情がまるでコントロールできないのです。独占欲が尽きぬほどに湧いてきてしまって……」

掌で顔を覆い、唸るように言葉を吐き出す。

「このままだと、彼のことを愛しているのに、傷つけてしまいそうで、それがたまらなく怖いのです……こんなこと、生まれて初めてで、自分でもどうしたらいいか分からなくて……」

苦しげに言葉を紡ぐフェリクスは、あまりにも痛ましかった。

……フェリクス……そんなにも、おれが昼ご飯を食べ損ねたことを気にしてたなんて……

常々、フェリクスは真面目で責任感がある人だとは思ってたけど、まさかここまでとは。

こんなに悩んでいる彼に対し、おれはなんと言えばいいんだろう？　「そこまで気にしてるなら、今度一緒に昼飯食いに行こうぜ！　フェリクスのおごりな！」とか？

いや、でもそれだとちょっと押しつけがましいような……!?

だが、おれがなにか言う前に、ガゼルが口を開くほうが早かった。

「フェリクス……お前って、マジでタクミが初恋なんだなぁ……」

面白いものを見たといった風に興味深げな顔で、しみじみと呟くガゼル。

その言葉に、フェリクスが意表を突かれたように目を瞬《しばたた》いた。

「……は、初恋……ですか？」

「ああ。……フェリクスがさっき言ったことはな、別にお前さんだけが抱えてる悩みじゃないぜ？　好きだからこそ、思いがすれ違うことや、相手を傷つけちまうなんてことは、誰しもが経験するもんだ」

呆気にとられながら、フェリクスは黙ってガゼルを見つめる。

「好きな相手を束縛したいとか、自分だけのものにしたいって思うのは当然のことだ。別にそれはお前が未熟なわけじゃない。そもそも、恋に落ちるってこと自体が、自分でコントロールできる類のもんじゃないだろ？」

肩を竦めて、あっけらかんと語るガゼル。

ガゼルの言葉を聞いたフェリクスは、静かな面持ちでなにやら考え込んでいる。

おれも空気を読み、黙ったままフェリクスの答えを待つ。

「……そういうもの、なのでしょうか？　タクミを大切にしたいと感じているのに、時々、どうしようもなく彼にひどいことをしてしまう自分がいるのです。それは、私の心が穢《けが》れているせいではなく……誰しもが抱えているものだと？」

「もちろん。俺だってタクミを見てると、大事にしたいと思う反面、どっかに閉じ込めて自分だけを見てほしいと思っちまうぜ。恋ってのはそんなもんさ」

「そう……なのですか」

いまだに戸惑ってはいるようだが、それでも先ほどと比べると、フェリクスは少しホッとした顔をしていた。

そんなフェリクスに、ガゼルが優しく微笑みながら、穏やかな声音で語りかける。

「ま、あんまり難しく考えるなってことだな。それによ、もしもフェリクスが暴走しそうになったら、俺が止めてやるから安心しな」

「ガゼル団長が？」

「ああ。その代わり、俺がタクミを傷つけそうになった時には、フェリクスが後ろから殴って止めてくれよ。な、これでおあいこだろう？」

明るく告げるガゼルに、フェリクスがふっと頬を綻《ほころ》ばせる。

「おあいこ……ですか。ふふ、では日頃の鬱憤《うっぷん》を込めて、その時は思いっきり殴らせていただきますね」

「はは、そりゃいいな。楽しみにしてるぜ」

そんな二人の言葉を聞きながら、ようやく明るい表情を見せてくれたフェリクスに、おれは安堵の息を吐いた。

それにしても……今の会話から、二人が黒翼騎士団の団長と副団長として積み重ねてきた月日の長さを垣間見たような気がする。

その揺るぎない信頼関係が、少しだけ羨ましい。

そうだよなぁ。おれと出会ってからよりも、二人が黒翼騎士団で過ごしてきた日々のほうがずっと長いんだよなぁ……うーん、ちょっぴりジェラシー感じちゃうぜ。ちょっとだけな！

……ところで今の話さ。

この二人が揃って暴走した時は、いったい誰が二人を止めてくれるんですかね？

そんなことを考えていたら、フェリクスがおれの顔をじっと見つめてきた。そして、深々と頭を下げる。

「タクミ……申し訳ありませんでした」

「フェリクス……」

「私の独りよがりな思いで、貴方を振り回してしまいました。……もしも許してくださるなら、もう一度だけ、私に機会をいただけませんか？」

おれは慌てて「顔を上げてくれ」とフェリクスに頼む。

「いや、おれも言葉が足らなかった。あの時だって、おれは別にたいして気にしていなかったんだ。おれこそ、フェリクスに誤解をさせるようなことをして申し訳なかった」

「タクミ……ありがとうございます」

ようやく顔を上げると、フェリクスはホッとした顔で笑う。久しぶりに見る、まるで薔薇《ばら》の蕾が綻《ほころ》んだような美しい微笑みに、おれはようやく肩の力を抜いた。

よかった、フェリクスと無事に仲直りできたー！

王都に戻ったら、フェリクスにしがみついて泣きわめくしかないと覚悟を決めていたが、そういう事態にならなかったのはお互いにとって幸いだ。

おれは手を伸ばしてフェリクスの手を取ると、指先をぎゅっと握りしめた。

「ここ最近ずっと……フェリクスと話ができなくて、すごく寂しかった」

「っ……タクミ……」

フェリクスはおれの指をそっと優しく握り返すと、その手を自分の口元へと持っていった。

そして、まるで硝子《がらす》細工でも扱うような丁寧な仕草で、そっと唇でおれの指に触れる。

瞼《まぶた》を伏せたフェリクスの長い睫毛《まつげ》が、頬の上に影を落としている。仕草と相まって、本当に王子様みたいだ。

「……私もすごく寂しかったです。貴方のいない日々は、まるで世界が急激に色を失い、褪《あ》せてしまったかのようでした」

「そ、そうか」

「はい。貴方がいなかった日々を、貴方に出会うまでの日々を、今まで自分がどう過ごしていたのかがまるで思い出せないほどです……」

フェリクスが惜しみなく愛を囁《ささや》く。ちょっと照れくさい。

うーむ、おれもフェリクスみたいにもっと言葉を尽くしたほうがいいのかな？

例えば、「おれにとって、フェリクスのいない日々は、山椒《さんしょう》のないうな重のようなものだったよ……」とか？　いや、こっちの世界にうな重はないか。

えっと……「醬油《しょうゆ》のかかっていない刺身を味わうような日々だった」とか？

って、刺身もないんだった！

こ、こういう台詞《せりふ》って難しいんだなぁ……フェリクスはやっぱりすごいぜ！

フェリクスを尊敬の眼差しで見つめていると、不意に、おれの身体に逞《たくま》しい腕が回された。同時に、耳朶《じだ》を熱い吐息が舐める。

「つん、ガゼル……？」

「あんまりフェリクスばっかかまうなよ、妬《や》けるぜ」

からかい混じりにそう言って、ガゼルがうなじに唇を押し当ててくる。

あ。そういえば、ガゼルのおかげで仲直りできたのに、まだお礼を言ってなかった。

「ガゼル、言い遅れたが……ガゼルのおかげでフェリクスと仲直りできた。ありがとう」

「いいってことよ。これぐらい。お前らが辛気くさい顔してると、俺の調子が狂っちまうからな」

ガゼルは白い歯を見せてにかりと笑った。

その笑顔になんとなく既視感があった。どこで向けられたものかと考えた後、ハッと思い出した。メヌエヌ市での防衛戦時に向けてくれた笑顔だ。

ゲームとは違う展開を歩み始めた世界に、どうしたらいいのかと迷うおれに対し、道を示してくれたのはガゼルの頼もしい笑顔だった。

思えば、今回だけじゃない。おれが迷った時や、精神的に追い詰められた時は、ガゼルがいつもおれを引き上げてくれていた。

「ガゼル……」

「ん？」

小さく彼の名前を呼んだ後、上半身だけで振り返りガゼルの首に腕を回すと、自分からそっとガゼルに口づけた。優しく彼の唇をついばむ。

感謝の気持ちが溢れると同時に、無性に彼とキスがしたかった。

……こういう気持ちを、愛しい、というんだろうか？

「んっ……んっ!?」

だが、やっぱり恥ずかしくなって、すぐにガゼルから顔を離――そうと思ったのだが、それは叶わなかった。

ガゼルがおれの後頭部を掌で押さえ、口づけを深いものにしてきたからだ。唇にぬるりと舌が這《は》わされると同時に、彼の厚い掌に尻をゆっくりと撫で回される。

「っ……ぁ、ガゼルっ、おい」

「お前は俺を煽《あお》るのがうまいなァ、タクミ。俺、これでも我慢してたんだぜ？」

甘く低い声で囁《ささや》かれ、背筋がぞくぞくと粟立《あわだ》つ。

「悪いが俺もそろそろ限界でな。なぁ、フェリクスとの仲を取り持ってやったんだ。ご褒美くれよ、タクミ」

確かに、ガゼルが自分で言った通り、彼のそこが張りつめているのはおれも知っていた。前を弄《いじ》られている時も、尻にごつごつとした熱い肉塊を押し当てられていたのだ。

「で、でも……フェリクスに見られてる、から」

「ん？　ああ、分かった。——フェリクス、お前も参加しないと、タクミが寂しいってよ。よかったなァ？」

「かしこまりました」

かしこまらないで、フェリクス!?

ちょっ、ガゼルさん!?　おれ、そういう意味で言ったんじゃないんですけど!?

思わずガゼルに抗議の視線を送ると、ガゼルはにやりと笑った。あっ、これ確信犯だな！

「あっ、んっ、ガゼルっ……！」

ガゼルは身体をずらすと、おれを膝の上からシーツの上に下ろした。そして、ベッドに寝転がった状態のおれの片足を抱え上げる。

そして、あらわになった蕾をすりすりと人差し指で撫でた。

いまだに発情状態が続いているおれの性器は、たったそれだけの刺激でぴくんと反応し、蜜を滲ませる。

「ひっ、ぅ……！」

「おや。すでに三回イったとは聞いていましたが……まだまだタクミは満足してないようですよ、ガゼル団長？」

「ふ、だいぶ加減してやったからな。それに、こっちはまだ触ってやってねェしな」

えっ、あれで加減してくれてたの!?

驚愕するおれにかまわず、ガゼルは鈴口から溢れる蜜を指に纏《まと》わせる。そして、愛液でまみれたそれを隘路《あいろ》に沈めた。

「ひぅっ、ぁッ！」

「お、すげェな。タクミのナカ、熱くうねって……俺の指に絡みついてきやがる。ふふ、そんなに待ち遠しかったか？」

「あっ、やっ、そこっ……！」

ガゼルの指がちゅくちゅくと水音を立てて、後孔を行ったり来たりする。そのたびに、彼が言う通り、おれの中がガゼルの指にきゅうきゅうと吸い付いてしまうのを感じた。

蠢《うごめ》く粘膜を味わうように、ガゼルの節くれだった指が肉壁を捲《めく》り上げる。

じわじわと快感が広がり、身体の中心から蕩《とろ》けていきそうだ。ふと見ると、おれの性器はまた完全に勃起していた。後孔への愛撫だけでここまで反応してしまったのだ。

あまりの恥ずかしさに、顔が真っ赤になる。

顔を覆おうとしたところで、手を掴まれた。ガゼルとフェリクスだ。

おれの手をそれぞれ掴んだ二人は、お互いの顔を見つめた後、「考えることは同じだな」という風に笑い合う。

「つ、ぁっ、んぅっ……ふ、二人共、手、離してくれっ……んぁっ!?」

「いやー、悪いがそのお願いは聞けねェな」

「申し訳ありません、タクミ。でも、貴方の可愛い顔を見ていたいのです」

「うっ、ぁあっ……!?」

抗議の声をあげる前に、新たな指が後孔につぷりと挿入された。

だが、それはガゼルではなく――フェリクスが差し入れた指だった。

「あっ、フェリクスっ……!? ひぅ、っあ！」

「ああ、本当だ……貴方の中はいやらしくうねって、私とガゼル団長の指をこれでもかと締めつけてきますね。ふふ」

ようやくガゼルとフェリクスはおれの手を離してくれたが、もう顔を覆う余裕などなくなっていた。おれはシーツを掴んでいやいやと首を横に振ったが、ガゼルとフェリクスの抽送は止まらない。

「あっ、やだっ、そこっ……うぁっ、ふあアッ!?」

ガゼルとフェリクスの指が、おれの中でバラバラに攻められた。

ガゼルのごつごつとした指が体内にある硬いしこりをゴリゴリと引っ掻いたかと思えば、フェリクスの指が中を広げるようにくるくると動き回る。

「ぁっ、ぁっ、ぁあっ……！　ひ、ああァッ！」

縦横無尽かつバラバラに、そして時には息の合ったタイミングで動く。

ガゼルの指がじゅぷじゅぷと後孔を出し入れしたかと思えば、フェリクスの指が肉壁を指の腹でやわらかく揉みしだく。

二人の動きに翻弄《ほんろう》され、おれは嬌声をあげ続ける。余計なことなどなにも考えられない。

「ぁっ、ぁあッ、ガゼルっ、フェリクスっ……も、だめっ、おれっ……ぁっ、んあぁあッ！」

二人の指が揃って中のしこりを押し上げた時、目の前が真っ白に染まった。昂っていた熱が凝縮され、一瞬にして弾けていく。

性器から透明の液体が勢いよく溢れ、シーツを濡らした。

「ぁっ、やっ……んあ、あっ、ぁッ！」

「おっ。タクミ、四回目イったか？」

「いえ、これは精液ではなく……ふふ、タクミのここは、潮を噴くのもすっかり慣れてきたようですね」

「じゃあ、そろそろこっちのほうが癖になってくるかもなァ」

「ぁっ、だめっ、二人共、今は触らなっ……ぁっ、あっ、ああァッ⁉」

ガゼルの指が体内のしこりをとんとんと押す。同時に、後孔から抜かれたフェリクスの指が亀頭《きとう》をくるくると撫で回す。

達したばかりで鋭敏になっている身体は、二人の指に弄《もてあそ》ばれて、勝手にびくびくとのたうつ。

陰茎から潮が、ぴゅうっと再び噴き出してしまう。

「ぁっ、ふッ、ぁ……ッ」

二人がようやく愛撫を止めてくれた時には、もはや呼吸することさえままならなかった。

自分の秘部を隠そうとする気力すら湧かず、だらしなくベッドに両足を投げ出す。精液や先走り、潮でぐっしょりと濡れた陰茎や太腿が気持ち悪い。

はぁはぁと肩で息をし、瞳に涙を浮かべながら二人を見上げる。二人はごくりと唾を呑み込んで、欲情の燃える瞳でおれを見下ろした。

「……ガゼル団長」

「すまねェな、フェリクス。悪いが俺はもう我慢できん」

「いえ、分かっています。それに先ほどは、ガゼル団長のおかげで大事なことに気が付きましたから。ですので、一番手はお譲りいたします」

二人は短く会話をすると、ガゼルがおれの両足を抱え上げた。

そして、その熱くたぎった肉棒をおれのひくつく後孔にぴったりと押し当てる。

先ほど二人の指でさんざんほぐされ、弄《いじ》られたそこは、ぽっかりと口を開けていた。その穴をさらに広げるようにして、ガゼルの硬い熱杭が押し入ってきた。

「んあっ、アッ……ふッ、あぁぁッ！」

「くっ……さんざん慣らしたが……それでもキツいな……ッ」

ガゼルが苦しげに眉根を寄せる。

だが、おれはあまりの快楽と質量に、身体が強張ってしまい、力を抜くことができない。

するると、横合いからするりと手が伸びてきた。傍らにいたフェリクスだ。

「ぁっ、ふあァッ！　ぁ、フェリクスっ、そこっ……！」

「そういえば、今日はまだこちらを触っていませんでしたね。……ふふっ、見てください、タクミ。私の指につままれて、貴方のここは嬉しそうに硬くなっていきますよ？」

「ッ、だめっ、そこはっ……ぁ、んぁ、ああッ！」

フェリクスの指がおれの乳首をつまみ、指の腹でコリコリと揉みしだく。

突如として与えられた快楽に、強張っていた身体から一気に力が抜けた。その瞬間、ガゼルの肉棒がずどんと最奥まで突き上げた。

「アッ、ひ、ぁあッ!?　ぁ、あッ、んあッ……！」

「ハッ……たまらねェな、お前のナカはよ……っ！」

「ぁ、だめっ、ガゼルっ、もっとゆっくりっ……！　ぁアッ、ふぁあッ!?」

ガゼルの陰茎が容赦なくおれの中を突き上げる。熱い陰茎がゴリゴリと肉壁を抉り、隅々まで蹂《じゅう》躙《りん》されるような、鮮烈な快感を叩き込まれる。

口の端から唾液が零れていくのが分かったが、それを拭う余裕はとっくに消え去っている。ガゼルは締めつけを味わいながら、奥へ奥へと腰を揺らした。

「ぁっ、ふアッ、んぁッ!?　ぁっ、フェリクスっ……そこ、だめだって言って……ぁ、ふあァッ！」

「ふふ。そうは言いますが、貴方の陰茎はすっかり勃ち上がっていますよ？　後ろと胸を弄《いじ》られるだけで気持ちよくなれるなんて、まるで女の子みたいですね」

フェリクスが囁《ささや》きながら、おれの乳首を弄《いじ》った。指の腹で突起を潰したり、乳暈《にゅううん》をなぞられたりすると、びりびりと甘い悦楽が広がる。フェリクスから執拗とも言えるほど愛撫を受け、乳首はぽってりと熱を持ち、勃起した。

過ぎた快楽に、もはやなにがなんだか分からない。

「つ、タクミっ……ほら、今度は一緒にイこうぜッ……！」

「ぁっ、んあッ、ぁあッ……あッ……ああああァッーー！」

ガゼルの肉棒がごつんと最奥を穿《うが》った瞬間、おれは何度目になるか分からない絶頂を迎えた。

だが、あまりにも回数を重ねたせいで、わずかな白濁液を飛ばすだけだ。一切性器を愛撫されず、腰を緩く上下させながら甘く達する。

「ぁっ、あッ……ぁ、はぁッ……」

ガゼルが肉棒をずるりと引き抜くのでさえ感じてしまい、腰が勝手にびくびくと震えるのを止められなかった。

「可愛かったぜ、タクミ」

「んっ……」

ガゼルがおれの額にちゅっと音を立てて口づける。その時、彼の吐き出した精液がどろりと後孔から漏れ出たのが感触で分かった。

自分の尻がガゼルの精液を零している様を思い浮かべ、そのあまりの媚態《びたい》に慌てて足を閉じようとする。

だが、その足を何故かフェリクスががしりと掴んだ。そして、再び左右にそこを割り開く。

「っ、フェリクスっ……？」

「申し訳ありません、タクミ……！　私ももう、我慢ができませんっ……！」

「ぁ、んぁあぁッ!?」

ガゼルの肉棒が抜かれたばかりのそこを、今度はフェリクスの滾《たぎ》った陰茎が押し入ってきた。

二人の指で開かれ、ガゼルを受け入れたばかりのそこは、難なくフェリクスを呑み込む。

そして、ガゼルの力強い腰づかいとは異なり、フェリクスは肉壁全体を味わうように抽送を始めた。

「ひっ、ぁ、ぁああッ!?　ぁ、フェリクスっ、いったん止めっ……ひぅっ!?」

「タクミ……分かりますか？　貴方のナカはこんなにも熱くうねって、私のものをねだるように締めつけていますよ……っ！」

「ぁ、ふァっ、あぁぁッ！」

中のしこりを、肉棒の傘がゆっくり、丹念に、執拗に擦《こす》り上げる。

たまらず、おれは喉をのけぞらせた。晒した白い喉を、フェリクスの優美な指がするりと撫で上げていく。それにすら感じてしまい、甘い声を抑えられない。

「ゃ、フェリクスっ……おねがいだから、少し待って……ひァッ!?」

「タクミ、俺も仲間に入れてくれよ」

ガゼルが悪戯《いたずら》な笑みを浮かべながら、おれの頭の横に身体を移動させると、手を伸ばして乳首を指で弄《いじ》ってきた。

少しかさついた太い指でコリコリと乳首を揉まれ、つねられて、おれは思わず逃げるように身体を引く。だが、フェリクスがおれの腰をがしりと掴んでしまった。

そして、入り口までずるりと陰茎を引き抜くと——それを一気に最奥まで叩きつける。

焦らされるような刺激から一転して与えられた暴力的な熱と快楽に、知らず、足先がきゅううっと丸まった。

「んぁ、ぁっ、ぁあ、ああっ」

「お、もう一回イったか？」

「ふふ、ナカだけでイったみたいですね。……ふふっ、貴方のここは随分《ずいぶん》といやらしくなりましたね」

会話の合間にさえ、ぱちゅぱちゅとみだらな水音を立てながら、何度も何度もフェリクスの陰茎が腸壁を押し上げる。

ガゼルはおれの唇を指でなぞったり、口づけたりしながら、乳首や胸を指先で弄《もてあそ》んだ。さんざん触れられて敏感になったそこは、ガゼルの指が掠めるだけで痛いほど快感を拾い上げる。

「ぁ、ガゼルっ、そこ、今は触らなっ……っ、んあッ！」

「タクミ、今は私が貴方に挿れているのですから、私に集中してください」

「ぁ、フェリクスっ、それ、だめだってぇ……ッ！」

快楽も過ぎれば暴力でしかない。

太腿が勝手にがくがくと震えだして、腰がびくびくと跳ねるのが止められない。怒涛《どとう》の快感に呑み込まれて、涙がぼろぼろと零れる。

なのに、フェリクスを咥《くわ》え込んでいるそこは、むしろもっと欲しがるように彼の陰茎をきゅうきゅうと締めつける。それが自分でも分かってしまうから、そのあさましさがなおさら耐え難かった。

「ぁっ、フェリクスっ、マ、マジで頼むから、少し止まっ……っ、ふあァッ!?」

「申し訳ありませんが、止まれませんっ……あんなにいやらしい貴方の姿を見せつけられた後ではっ……くっ！」

熱に浮かされたような、恍惚《こうこつ》とした表情を浮かべるフェリクスが、おれの腰を鷲掴む掌に力を込め、もう一度深く、陰茎を突き入れる。

「ぁっ、ああッ、ん、ぁああッ！」

知らず腰が浮き、フェリクスに突き出すような体勢になった。気が付けば、フェリクスとガゼルが支えていなくとも自分自身で足を開いてしまっている。

でも、もう気持ちよすぎてなにも考えられない。ずっと鋭い快感が全身を駆け抜け続けている。

フェリクスが突き上げるまま、おれは快楽に耐えながら揺さぶられ続ける。

ガゼルも乳首を攻める手を緩めることはなく、おれは二人から異なる愛撫を与えられるたび、みっともない声をあげながら、陰茎からだらだらと蜜を零した。

「ふぁっ、ア、ぁあッ！」

「タクミ……ふふ、そろそろ本当に限界みたいですね」

長い間交わり続け、時間の感覚すら覚束なくなってきた頃。

フェリクスが愛おしげな顔でおれを見下ろしながら、指先でおれの頬を流れる涙を拭った。同時におれの一番奥にぐっと肉棒の先端を押しつける。

「っ、タクミっ……ほら、一緒にイきましょう……！」

「ふぁっ、ぁ……んぁッ、ぁあああーーー！」

おれは腰をのけぞらせながら、何度目になるか分からない絶頂を味わった。

陰茎から白濁液を噴き出す間、フェリクスの熱い精液が身体の奥にびゅるびゅると注がれていく。

「ぁっ……はっ、ぁ……」

「タクミ……とても可愛かったですよ」

フェリクスがゆっくりと陰茎を抜きながら、おれの額にちゅっと音を立てて口づける。

彼が陰茎を抜くと、二人分の精を受け止め切れなかった後孔が、ぷちゅぷちゅとそれを溢れさせる。尻のあわいを伝い、すでにぐしょ濡れのシーツの上に零れ落ちていく。

だが、もはやそれを隠す余力すらなかった。

射精後もじんわりとした快楽に包まれ、身体は甘く痺《しび》れていた。シーツの上で裸体をさらし、仰《ぎょう》臥《が》したまま、もはや指一本動かすことすらできそうにない。泣かされ続けて、瞼《まぶた》が熱い。

「……タクミ」

「っ……なんだ、ガゼル……？」

「お前、まだ催淫効果は収まってないよな。うん、そうだよな？」

「え？　いや、おれはもう充分に……ひゃっ⁉」

ちょっ、えっ？　ガ、ガゼルさん？

なんでおれの腰を掴んで……えっ？

「ガ……ガゼル？」

「悪いな。さっきの、フェリクスのもんで喘がされてるお前見たら、滾《たぎ》ってきちまった」

「ガゼル団長、ずるいですよ。貴方は先ほど充分タクミを堪能したではないですか。それであれば私に譲ってください」

「いやいやいや、どっちの相手ももう無理だぞ⁉　おれは本当にもう無……ぁ、んあァっ⁉」

——その後。

再度、ガゼルの熱塊を受け入れるはめになったおれは、彼の射精と同時に再度絶頂を味わわされた。

今度こそ休めるかと思ったら、続いてフェリクスが「タクミ……私もまだ物足りません」と言って再び参戦してきて……そしたら次は、フェリクスに張り合うようにしてガゼルに攻め立てられて……そして、そこで意識をぷっつりと失ったのだった……

……正直。魔王と対峙した時よりも、奴隷商人の護衛さんたちと戦った時よりも、一番命の危機を覚えました……

◆

こ、今度こそ死んだかと思った……！

あの後ガゼルを三回も受け入れて……それからの記憶がない。

多分あまりにも激しすぎて、意識を消失したんだろう。

ベッドから起きた時にはすっかり身体はきれいになっていた。シーツも新しいものに取り換えられている。

多分、ガゼルとフェリクスが後片づけをしてくれたのだろう。毎度のことでちょっと申し訳ないとも思うが、お願いだからもっと手加減してくれとも思う。

部屋にいたのはガゼルだけで、フェリクスは見当たらなかった。どうやらフェリクスは自分にあてがわれた部屋に戻ったようだ。

なお、おれはといえば、部屋をこっそりと抜け出して宿の階段を下りている最中だ。身体がつらいので、武器である刀を杖代わりにしてゆっくりと階段を下りる。

声をあげ続けたせいか喉が痛かった。水を飲もうかと思ったのだが、自分の水筒に入れてある分はすっかり空になっていた。なので、宿屋の外に設けられていた水汲み場に行くつもりだ。

すれ違った宿のおじさんに挨拶をしてから、外に出ると、すっかりと太陽は昇りきっていた。ほとんど眠っていないので、朝の陽ざしが目に痛い。

まだ騎士団が村を出立するまでは時間があるし、さっさと水を飲んでから二度寝をしよう。少し睡眠を取らないと、このまま馬に乗ったら寝ぼけて落馬しそうだ。

「――え……？」

だが、眠気でぼんやりとしていた意識は、次の瞬間一気に覚めた。

決してここにいるはずのない人物が、水汲み場に腰かけていたからだ。

真っ黒なローブを羽織っているのは変わらないが、今日はフードをかぶらずに、頭に生えた角と、流れるような美しい緑色の髪をあらわにしている。

そして、まるで血を煮詰めたような、どろりとした昏《くら》い赤色の瞳でおれを見据えていた。

「ふ――久しぶりだな、タクミ」

「……ま、魔王……!?」

ど、どうして貴方がこんな農村にいらっしゃるんですか？

「…………観光か？」

「ふん、戯言を。分かっているのだろう？　私は先日の返事を聞かせてもらいに来たのだ」

残念ながら、やはり観光で来たわけではないらしい。ですよね～！

っていうか……先日の返事って、なんだっけ？

あの香水屋で言われたことといえば――騎士団を辞めて一緒に来ないか、的な話だったよな？

えっ、あの話なら、おれ的にはもうお断りしたはずなんだけど。

「先日の話なら、おれは貴方とは行けない。前にも言った通り、おれはここに無理やりに召喚されて来たわけではないんだ」

「では、何故貴様はここにいる？　まさか自分でこの世界に来たとでもいうのか？」

おれの言葉をまったく信じていないらしい。魔王は小馬鹿にしたように笑った。

「そういうことではないが……ともかく、おれは貴方と行く気はない。むしろ、貴方こそ、本当にこのままリッツハイムの敵になる気なのか？」

「……どういう意味だ？」

「貴方だって、最初からリッツハイムの敵だったのではないだろう？　おれの知る情報が確かなら……貴方だって最初はこの国の人々を愛し、守ろうと誓ったんじゃないのか？」

おれの問いかけに、魔王はさっと顔色を変えた。

冷酷な眼差しで、張りつめた空気を漂わせていた彼が、その一瞬だけは、途方に暮れている一人ぼっちの青年のように見えた。

だが、すぐにその表情は消えて、唇を捲《めく》り上げるようにして歪んだ笑みを浮かべる。

「――そうだ。確かにそういう日々もあった」

「なら――」

「だが、そこが私の人生における失敗だ。……異世界に召喚されて、勇者だと祀り上げられていい気になって……結局、最後はなにもかも失った。人としての身体も、名誉も、そして……」

深紅の瞳を憎悪と悔恨《かいこん》で燃やした魔王が、おれの傍に歩み寄ってくる。

静かな足取りだったが、一歩一歩彼が近づくたびに、空気が重く圧《の》しかかってくるようだった。

「だから――今度は二度と間違えない。私は、今度こそなすべきことをなす」

決然とした魔王の言葉に、おれは思わず後ずさりをしようとする。

だが、できなかった。魔王の迫力に呑まれたというわけではない。どういうわけか、物理的に、身体がぴくりとも動かせないのだ。

「っ……魔王。おれに、なにをした？」

身体が硬直しているせいで、魔王から顔を背けることもできない。

魔王はおれの真正面まで来ると、存外に優しい手つきでおれの顎《あご》を取った。

そして、わずかに顔を上向かせられる。

「ふっ、心配するな。今度貴様の目が覚めた時には、すべてが終わっていよう」

「っ、いったいなにを――」

「――タクミ！」

するつもりなんだ、と問いかける前に、背後からおれの名前を呼ぶ人がいた。

振り返ることはできないが、振り返らなくても分かる。あの声は……

「……おい、アンタ。うちの隊の奴でもねェし、見るからに、この農村の人間でもねェよな」

「タクミになにか用でしょうか？　どのような用向きであれ、いったん彼から離れていただけますか？」

ガゼルとフェリクスだ！

おれがいないことに気付いたのか、それとも外の不穏な気配に気付いたのかは分からないが……

二人が来てくれたことは心強い！

振り返ろうと思ったものの、しかし、相変わらずおれは指一本動かすことができなかった。

二人が来たのに、魔王と向かい合ったままのおれを不審に思ったのだろう。困惑した様子で「タクミ？」、「タクミ、どうしたのですか？」と尋ねられる。

え、えーっと、この状況をなんと説明したものか……

「くっ……くくっ。そうか、そうか、お前たちか」

すると、魔王が何故か喉の奥で笑いながら、顔を歪ませた。

その表情に違和感を覚えたおれは、まじまじと彼の顔を見つめる。

「おい……？」

「ようやく分かった。貴様が頑なに、召喚儀式のことを否定する理由は、あの二人を庇《かば》っているからなのだろう？」

「は――？」

すると、魔王の手がするりと伸びた。

おれの腰にその長い腕が回され、身体を正面から抱き竦められる。

「おい、テメェ……！」

「タクミ⁉」

その光景を目《ま》の当たりにしたガゼルとフェリクスが声を荒らげた。

そんな二人を、魔王はおれを抱きしめたまま、冷めた眼差しで睥睨《へいげい》する。

「……貴様らがこの男をいいように言いくるめているのだろう？」

「つ、魔王、貴方はいったいなにを──!?」

「っ!?　待て、魔王だと!?」

「まさか、その男が、封印されていたという……!?」

おれの言葉を聞いたガゼルとフェリクスが驚いた声をあげた。

……あっ、しまった!?

ガゼルとフェリクスには、彼が魔王だってこととか、復活した魔王に会ったことは秘密にしておいたんだった!?

「っ……魔王かなんだか知らねェが、うちのタクミを離してもらおうか」

「ええ。……あとタクミ、その男と貴方の関係については、あとでじっくりとお話をお聞かせ願えますか？」

殺気混じりのガゼルとフェリクスの声は、おれが聞いたこともないぐらい冷え冷えとしている。

っていうか、心なしかフェリクスの殺気がおれにも向いているような……

だが、そんな二人の敵意をものともせず、魔王はその顔に酷薄な笑みを浮かべると、おれの身体に回した手でゆっくりと身体をなぞってきた。

正面を向かされるように抱き直されたおかげで、おれもガゼルとフェリクスの顔が見られるようになったが、身体はいまだに動かない。

だが、むしろそれでますますガゼルとフェリクスが殺気立った。

「テメェ……！」

「……どうやら私たちと話し合う気はないようですね」

二人は腰に携えた剣を抜くと、その銀に光る切っ先を魔王に向けて構えた。

それでも魔王は悠然とした態度を崩さず、おれを抱きしめているのとは反対の腕をゆっくりと振るった。

すると、魔王を中心にして、赤い燐光《りんこう》を放つ魔法陣が地面に瞬時に浮かび上がる。

その巨大な円型の魔法陣が展開されたと同時に、周囲は異様な静けさに包まれた。先ほどまで聞こえていた村人たちの声や、鳥の囀《さえず》り、風の音が、瞬時にして消えたのだ。

いや、見れば、音だけではない。

見上げると、羽ばたいていた小鳥が、ぴったりと空中で停止していた。

まるで――時間が停止した世界の中に、おれと魔王、ガゼルとフェリクスの四人だけが取り残されたかのように。

「こ、これは……空間魔法でしょうか？　まさか、こんな大規模な……」

「魔王っていうのはどうやら本当のことみてェだな」

辺りを見渡して愕然とするフェリクスと、ふてぶてしい笑みを浮かべて魔王を睨みつけるガゼル。

どうやらこの不可思議な現象は魔王が引き起こしたらしい。

おれは顔を魔王に向けようとする――瞬間、正面にいたガゼルとフェリクスの身体が吹っ飛んだ。

「っ!?　ガ、ガゼルっ、フェリクスっ……!?」

慌てておれは二人に駆け寄ろうとする。だが、やっぱりおれの身体は魔王に抱きとめられたまま動かない。

「ぐっ……！」

「か、はっ」

魔王はそんな二人を冷めた目つきで見下ろしながら、空いている手をゆっくりと彼らに向けた。

その指先に、先ほど発生した魔法陣と同じ赤い燐光《りんこう》が集まってくる。

「っ、魔王⁉　いったい二人になにをしたんだ⁉」

「たいしたことではない。ただ、そこの二人に逃げられないように空間と時間停止魔法を使用しただけだ」

「逃げる――って……？」

「これからそこの男たちを殺すのでな。逃げられないように先手を打っただけのことだ」

――殺す？

こ――殺すって、ガゼルとフェリクスを？　魔王が、二人を殺す……？

「っ、そ……そんなのは駄目だ！　そんなこと、おれが絶対に許さない！」

頭から血の気がざーっと引く。おれは魔王に向かって怒鳴った。

「二人を、殺すなんて……どうして、そんなことを？　二人は、貴方になにもしてないだろう⁉」

「ハッ……決まっていよう。あれらがリッツハイム魔導王国の民である、それだけで罪だ」

あざ笑うような口調で二人を見下す魔王。

宿屋の壁にまで吹き飛ばされたガゼルとフェリクスは、身体の痛みを堪えるように立ち上がると、魔王を睨み返す。

せめて誰か騎士団員が助けにきてくれないかと辺りを見渡すが、周辺にはおれたち以外人の気配はなく、宿屋からもなんの物音もしない。

やはり、魔王の魔法によって、ここは閉ざされた空間になってしまっているようだ。

「罪、とは……？　私たちが、ただそうあるだけで罪だというのですか？」

「そうだ。過去の歴史からなにも学ばず、今もなお召喚儀式を繰り返し、犠牲者を増やし続けるその行為が、罪と言わずなんと言おうか？」

「……おい、いったいなんの話をしてやがる？」

ガゼルとフェリクスが、怪訝《けげん》な顔でおれたちを見る。そんな二人を、魔王は鼻で笑った。

「その無知こそが、お前たちの罪の証だ。この国の民どもは、私のことをどう歴史に記しているのだ？　私のことを、どこから生まれたものだと？」

「……それは……魔王は、モンスターの中でもひときわ魔力が強いものが力を蓄え、いつしか言葉を話して人型をとるほどまでになったのだと……」

魔王の問いかけに、フェリクスが困惑気味に返した。その隣にいるガゼルも、難しい顔をしながらもそれを否定する様子はない。フェリクスの説明した内容が、この国で伝わっている『魔王』の成り立ちなのだろう。

フェリクスの言葉を聞いた魔王は、歪《いびつ》な笑みを浮かべた。

「それは違う。私はかつて――この国の民に召喚儀式によって呼びだされた、元はただの人間だ」

「――なっ……!? 召喚儀式で？ そ、そんな馬鹿なことが……」

「ああ、こんな馬鹿なことがあるはずもない、と私も思ったよ。……ある日、私はいきなりこの国に召喚されたのだ。なんの前触れもなく、家族や友人に別れを告げる間もなく――いきなりこの地に呼びだされ、戦うことを強制されたのだからな」

「……タクミ。今、そいつが言ったことは、本当のことか？」

驚愕に目を見開くフェリクスと、顔を顰《しか》めながら説明を求めるように視線を向けてくるガゼル。

少し迷ったが、ここで嘘を吐いてもどうしようもない。おれは二人に頷いた。

「……ああ、そうだ。魔王が言っているのは、本当のことだ」

「っ……！」

おれの頷きに、ガゼルはますます深く眉間にしわを寄せた。そして、彼にしては珍しく、そのまま言葉を失ったように黙り込む。それはフェリクスも同様だった。

……おれと違い、ガゼルとフェリクスは生粋《きっすい》のリッツハイム魔導王国の人間だ。

騎士としての誇りを持ち、国を守るために戦っている。愛国心の強い二人には、今の話は……『魔王』を呼び出したのが過去のリッツハイムの民であり、その真実がひた隠しにされているということに、強いショックを覚えたのだろう。

だが、沈黙は短いものだった。

「……それで……アンタは俺たち、リッツハイムの人間を滅ぼそうとしてるってのか」

すぐにさっと顔を上げたガゼルは、戦意の衰えていない金瞳を魔王に向ける。フェリクスも同様に、再び紫水晶色の瞳に炎を燃やした。

「ああ。貴様たちが何度も同じ愚行を繰り返すのは、もう見飽きたのでな」

「そうか……だが、悪いが、俺たちもみすみす殺されてやるわけにはいかねェな！」

――激しい金属音が響く。

魔王の言葉と同時に、ガゼルとフェリクスが切り込んだからだ。フェリクスは魔王の足を、ガゼルは魔王の片腕を狙ってそれぞれ左右から、目にもとまらぬ速さで切り込んだ。

しかし、その剣は魔王に触れる前に弾かれてしまった。魔王とおれの目の前に、見えない透明のシールドのようなものが展開されていたのだ。二人の剣はシールドにぶつかり、激しい音を立てて止まってしまった。

「ぐ、ぅっ……！」

「見事な腕だ。それにその剣、魔法抵抗の術式が織り込んであるな？　……だが、私の相手をするにはその武器ではいささか役者不足だ」

魔王が口端を吊り上げて嗤《わら》うと、片手で空中に文字らしきものを描いた。

あれは――さっき、ガゼルとフェリクスを吹き飛ばしたやつか⁉

「魔王、やめろ！　言っただろう⁉　おれは確かに異世界から来た……貴方と同じく、この世界の人間じゃない！」

おれの言葉に、シールドに向かって切り付けていたガゼルとフェリクスが、驚愕しておれを見つめるのが分かった。

だが、今はそれにはかまっていられない。

「けれど、おれは、この国の人によって召喚されたわけじゃない！　今……この国に生きている人々はちゃんと過去の歴史から、同じ過ちを踏まないようにしている！　貴方と勇者に背負わせた重荷を悔いて、召喚儀式は封印しているんだ」

必死に言い募っている内に、目に涙が滲む。

「お願いだから、やめてくれ……貴方が本当は優しい人だってこと、おれは知ってるんだ」

「タクミ……」

「貴方だって最初は、この国の人が好きで……守りたいと思ったからこそ、剣を取ったんだろう？　だから……！」

「優しい人、か」

おれの身体を反転させて、魔王がおれのことを正面から抱きしめてくる。

魔法を解かれたのか、いつの間にか身体が動くようになっていた。おれの目から流れる涙を、慰めるように魔王がゆっくりと指で拭う。思いがけず、ひどく優しい手つきだった。

「……前にも言ったな。私のことを、優しい人間だと……そんな風に言ってくれたのは……ターニャと、貴様ぐらいだ」

「……魔王……？」

「……この世界に来た時こそ、絶望したが……でも、ターニャに会えたから、私はこの国を愛し、守ろうと思ったよ……けれど、そんな彼女はもういない。——殺されたのだ、私の目の前で！」

一転し、魔王は憎しみをその血の色をした瞳に燃やした。そして魔王の身体から、真っ黒なオーラのようなものがぶわりと噴き出す。

掴まれた腕が痛いぐらいだ。みしみしと骨が軋《きし》み、おれは痛みに顔を歪ませる。だが、黒いオーラを放ち続ける魔王はいまやおれのことは見ていなかった。血の滴るような色の瞳は、憎悪の炎に呑み込まれている。

「……異なる世界から来た私を……人として過ぎた力を持った私を殺そうとするのは、まだ分かる！　だが、どうして彼女を殺したのだ!?　ターニャは……お前たちと同じリッツハイムの人間で、なんの力も持たない、ただの女だったのだぞ！」

「っ！　魔王、ダメだ！」

憎悪と憤怒を滾《たぎ》らせた魔王が、ガゼルとフェリクスに向かって先ほどの魔法を放とうとする。

おれはその身体にがばりとしがみついた。そのおかげか、魔王が指先で虚空に描いた魔法陣はふっとわずかな燐光《りんこう》を残して消える。

「離せ、タクミ！」

「離さない！　っ……ガゼル、フェリクス！　お願いだ、おれにはかまわずに逃げてくれ！」

「馬鹿野郎！　お前を置いて行けるわけねェだろうが！」

「タクミ……！　くそっ、このシールドさえ破れれば……ッ！」

だが、おれの必死の叫びも空《むな》しく、魔王はしがみつくおれの身体を片手で難なく引き剥《は》がした。

そして再び、片腕で腰を引き寄せられる。

「っ、魔王、離せっ！」

「ふん……。なんだ、あいつらが魔法で身体を弾け飛ばすよりも、切り殺されるところが見たいか？　ならばよかろう」

魔王は唇をにやりと歪ませて嗤《わら》うと、おれの腰に佩《は》いた刀を手に取った。

先ほど、階段を下りる時に杖代わりにするために持っていた刀で、その後、自分の腰に吊り下げていたのだ。

「まずはあいつらの腕を一本ずつ切り落とす。そうすればきっと、あの男たちの化けの皮も剝《は》がれよう。そうすれば貴様も、私の言うことが正しいと分かるだ――」

刀を鞘《さや》から抜き、その銀色の刃が解き放たれた瞬間、魔王はふいに言葉を途切れさせた。そして、自分の腕を不思議そうな顔で見つめる。

だが、彼の表情とは正反対に、刀を掴んでいる魔王の腕はなめらかに動く。

そう――使用者の意思を無視して、目の前の敵に自動的に切りかかる呪いの刀。カースド・コレクション。

知らず、呪刀をおれから奪って手に取ってしまった魔王は、自身の意思とは関係なく――目の前にいるおれに向けて、その刃を振るっていた。

「「っ……タクミ――――！」」

魔王の振るう呪刀、きらめく銀色の光。背後で響くガゼルとフェリクスの絶叫がどこか遠くに聞こえて、目の前に刃が迫ってくる。その刃は素早く振り下ろされているはずなのに、むしろおれの目にはスローモーションのようにゆっくり見えた。

そして、とうとう刃が眼前に迫った時――おれは、恐怖のあまりに腰を抜かした。

がくんっと身体が崩れ落ち、ぺたりと地面に座り込む。

そんなおれの頭上を、ヒュンッと音を立てて呪刀が通り過ぎていった。

あ……あぶなかった！

い、今、腰を抜かしてなかったら、絶対におれの首が落ちてた……！

だが、安心するにはまだ早い。魔王の振るう呪刀は凄《すさ》まじいスピードで翻《ひるがえ》り、再びおれを袈裟切りにしようと迫ってくる。

「ぐっ……！　この、くそっ！」

最初こそ、勝手に動く自分の右手に目を白黒させていた魔王だが、彼の判断は早かった。

おれを袈裟切りにする寸前で、彼は刀を掴む掌をぱっと開いたのである。おれやガゼル、フェリクスの三人が残ったままであるので、本来ならば敵を殲滅《せんめつ》しきるまで戦い続けるはずだから、なんらかの魔法を使ったのかもしれない。

なにはともあれ、呪刀は魔王の手から滑り落ちて、カランと音を立てて地面に転がった。

「ぐ、ぉっ……!?」

だが、そうすると今度は魔王に対して、呪刀の第二のデメリットが発生する。

戦闘終了後に、武器を手放すことで発動する状態異常だ。その例に漏れず、魔王が刀を手放したことによって、状態異常が発生している。どうやら麻痺《まひ》状態のようだ。

「ぐっ……この刀は、あの男の……!?」

「――うおおおォッ！」

自身に起きた状態異常に困惑している魔王――その隙をついて、ガゼルとフェリクスが動いた。

シールドが消え去り、二人は揃って魔王に切り込む。

フェリクスの放った下段からの突きを既《すんで》のところでかわした魔王だったが、同時にガゼルが放った鋭い斬撃を避けるには至らなかった。

「――ぁ……」

ガゼルの剣を受ける魔王の、血の色をした瞳とおれの瞳が一瞬だけ、交錯した。

魔王はどこか満足そうな顔で、おれに口元だけでかすかに微笑んでみせる。

そして――その上体に深々と刃が食い込んだ。

肩から腹にかけて斜めに切り裂かれた魔王は、一拍を置いた後に、ふらりと足をよろつかせ、それからどっと背中から後ろに倒れ込む。

「ま、魔王っ……！」

おれは足に力を込めて立ち上がると、ふらふらと魔王に歩み寄った。

近づいたところで、彼の傷は目に見えて深いことが分かった。地面にじわじわと赤黒い血が流れ出している。着ている服も、彼から流れる血でどす黒く湿っている。

「っ……」

言葉が出てこない。

この傷ではもはや、魔王は助からないだろう。そして、この傷は……彼がおれを斬ることを躊躇《ためら》ったせいでできた傷だ。

あのまま、おれを斬り捨てていれば、彼はこのような傷を負うことはなかったのに。

それなのに、いったいどうして……

「……どうしてだ、アンタ」

一瞬、自分が疑問をそのまま口に出したのかと思った。けれど、そうではなかった。

隣を見れば、地面に膝をついたガゼルが同じように魔王のことを覗き込んでいた。

「アンタ、何故タクミを斬ろうとした？　まるで自分の行動に動揺して、シールドの魔法を解いたように見えたが……」

「…………」

「それに、アンタほどの魔法の使い手なら、あの状況でも俺の剣を防ぐことはできただろう。なのにいったいどうしてだ？」

ガゼルの言葉に答えられるのはおれだけだったが、それはできなかった。

……魔王がおれを斬ろうとしたのも、そして、その後に動きを止めたのも、すべてこの呪刀のデメリットによるものだ。刀の使用後、強制的に『麻痺《まひ》』という状態異常に陥《おちい》った魔王は、だからガゼルの剣を避けることができなかったのだ。

それを説明しようと口を開きかけた時、魔王がゆるりと片手を上げておれを制した。

そして、ぜえぜえと荒い呼吸をしながら答える。

「タクミ……貴様のその刀……あの男の……私と同様にこの世界に呼び出され、そしてかつて私を封印した同郷者……勇者の魔力が……込められたものだな」

「えっ」

「なに？」

目を丸くしておれを見つめるガゼルとフェリクス。だが、おれだって初耳だ。

「この世界に呼び出された異世界人は、能力値の上昇と共に、なんらかの特有な能力を授かる……私は魔獣を生み出し操る力であり……あの男は……他者を、強制的に状態異常にする能力だった……」

えっ。じゃあ、このカースド・コレクションというシリーズの武器は、かつて勇者が生み出したものなのか？

信じられない気持ちで、傍らに転がったままの刀を眺める。だがもちろん、刀から答えが返ってくることはなく、鈍い銀色の光を放っているだけだ。

その光に目を留めた魔王は、ふっと笑みを零す。

それは、初めて見る、憑《つ》き物の落ちたような優しい笑顔だった。

「……ふん。愚かな私を、もう一度止めにきたのか？　相変わらず、おせっかいな男だ……ゴホッ、ゴホッ！」

魔王が咳き込むと同時に、その口から鮮血が伝った。

おれは慌てて彼の身体を抱き起こす。すると、彼の手がさまようように伸ばされ、そしておれの手を掴んだ。

隣にいるガゼルとフェリクスは、もう魔王が脅威ではないと分かったのだろう。黙ったまま、おれのことを見守ってくれる。

「魔王……」

おれの手を握る魔王は、中空に視線を漂わせた。だが、その瞳にはもはや憎悪の色はない。

凪《な》いだ海のように、穏やかな顔だった。

「……これでいい、タクミ。憎しみによって増大した力は、もはや私自身ですら扱い切れない……私が死なない限り、暴走している魔力が次々にモンスターを創り出す。私の感情を糧としたモンスターは、人に憎悪を向けて襲いかかる」

「憎しみ……」

「でもアンタ、そう言うわりには俺たちへの憎悪はさほど感じなかったぜ」

すると、隣にいたガゼルが思わずといったように魔王に尋ねた。反対隣で、フェリクスもこくりと静かに頷く。

「はい。むしろ、貴方は私たちを試しているかのようでした。それに貴方ほどの使い手なら、先ほどのような回りくどい戦い方でなくとも、私たちを殺すのにもっと簡単な方法があったでしょう」

「ああ……貴様らを試した」

魔王は悪びれることなく二人に答えた。

「……タクミが、しきりに、自分は召喚されてこの世界に来たわけではないだの、お前たちはなに一つ悪くないなどと言うのでな……お前たちに、この男がそれほどにまで庇《かば》う価値があるかどうか試したかった」

「その価値が俺たちになかったらどうしてたんだ？」

「無論、殺す。お前たちがタクミを置いて逃げようとするそぶりを見せれば……すぐにでも殺そうと思った」

自分自身の言葉に、魔王は自嘲した。そして、ぽつりと呟く。

「……お前たちを殺して……この場にいる騎士や農民どもを全員殺して……そして、リッツハイムの民を皆殺しにする。そうやって、私が恐怖をもって示さねば、またこの世界で、新たな召喚儀式が行われてしまう……」

「…………」

「私や勇者……そして、この男のような、被害者が新たに生まれることのないように……」

魔王の言葉に、おれもガゼルもフェリクスも、なにも言えなかった。

黙りこくるおれたちに向かい、魔王が乾いた笑みを浮かべる。

「く、くくっ……だが、愚かなのは私だったな。同じ手で……まさか、二度も勇者に負けるとは。さすがに、三度も手間をかけさせるわけにはいかんからなぁ……ゴホッ」

まるで、遠い日々を追憶し、慈しむような口調だった。

すると、その時だった。おれの手を握っていた魔王の掌がぽうっと淡い光をともした。おれは慌てて魔王に尋ねる。

「魔王？　これは……？」

「それは私の中に残っていた、最後の……私の中にある、憎しみに染まりきっていない、最後の力だ……」

「さ、最後の力って……」

慌てて魔王から手を離そうとする。

だが、逆に魔王に手を握りしめられ、離すことができなかった。

おれはガゼルとフェリクスを、それぞれ助けを求めて見つめる。最後の力なんて……それを渡したら、魔王はどうなるんだ？　死んでしまうんじゃないのか？

「勇者の魔力が込められた剣と、私の魔力……それを使えば、元の世界に帰る道筋を開くための魔力は充分なはずだ。あとはこの国の人間に、召喚儀式を行ってもらえ……ゴホッ！」

「魔王、駄目だ。最後の力なんて、そんな……！」

だが、おれの必死の呼びかけは魔王には届いていないようだった。

切れ切れの呼吸で虚空を見つめる彼の眼には、もはやおれは映っていない。おれではない、誰かの面影を追っていた。

「……この世界に私を呼んだ、このリッツハイムの民が憎かった……私さえいなければ……召喚されたのが私のような平凡な男でなければ……もっと優れた男なら、きっとターニャは死ななかった……」

「っ……それは違う！　貴方だから、召喚されたのが貴方だからこそ、この国は救われたんだ……！」

魔王がおれの手を握る力はどんどん弱くなる。

だが、魔王の掌にともる光はますます強さを増して、なにか、温かいものがおれの身体の中に流れ込んでくる。

「私はこの国を守ったが……なにより守りたかったターニャは守れなかった……でも……だからこそ、せめて、せめて同じ世界から来た貴様だけは……」

その言葉を言い終わるか終わらないか、というところで、魔王の手から、かくんと力が抜けた。

そして――……

◆

――話の始まりは、まずはリッツハイムの建国までさかのぼる。

まず、一人目の異世界人が召喚される。

その頃、この土地は国の形をなしておらず、異種族との小競り合いがひっきりなしで、人々は疲弊状態だった。

民は貧困に喘ぎ、耕すものがいない大地は枯れ果て、傷病者や浮浪者が溢れていた。

それを憂いた人々の内、この土地を治めていた豪族の一部が、召喚儀式によって異世界から一人の青年を召喚したのだ。

召喚儀式によって召喚された人間は、強大な魔力や身体能力を授かり、人間離れした超常的な能力を持つようになる。人々は、その能力に期待したのである。

この青年は例にもれず、召喚と共に強大な魔力を授かった。

彼が得意とするのはモンスターを創造し、使役する魔法だった。その魔法を使い、青年は武力をもって国を敷いた。これがリッツハイム魔導王国の始まりである。

多数の魔物を従え、強大な魔法をもって人々を導いた彼を、人々はいつしかリッツハイム魔導王――通称、魔王と呼び始めた。

青年は自分の召喚主――もともと、この大地を治めていた豪族の娘と結婚し、新たに家名をもらった。リッツハイムというのはその時授けられたものである。

こうして、リッツハイム魔導王国は築かれ、この大地には平和が訪れたのである。

争いが収まり、国が建てられた。民は安寧の中、豊かな暮らしを享受していった。

けれども――そうなると、欲が出てきてしまうのが人というわけだ。

「――英雄といえどあのような青二才が王だと？　異種族同士の諍《いさか》いが大事にならなかったのは、今までの我らの努力あってこそではないか」

「――そもそもアレは本当に人間なのか？　あのような魔の物を従えるなど……」

そして、初代国王となったばかりの彼に対し、在位からわずかも経たない内に暗殺が決行されることになる。

だが、その暗殺によって命を落としたのは——なんと、彼の妻——ターニャ・リッツハイムだった。

もしかすると、初めからターニャ・リッツハイムを狙った暗殺だったのかもしれないが、真相は分からない。

愛する人を失った若者は、その死に嘆き悲しむあまり、魔力のコントロールを失ってしまったのだ。強大過ぎる魔力は、若者の心に芽生えた憎悪、悲しみ、喪失感、恨みを、彼の部下であるモンスターの心に伝播させてしまう。

「——自分はこの国の人々のために戦ってきたのに。玉座が欲しかったわけではない。ただ、私は彼女を愛していただけだ」

青年は、暗殺に関わった者たちを皆殺しにした後、残忍で冷酷な暴君と化してしまった。

この頃、魔力を使いすぎたために、瞳の色は血のように真っ赤になり、髪は玉虫色に変化し、そして竜のような角が生えた。

そうして彼はいつしか魔物を率《ひき》いる、本物の『魔王』となったのである。

なお、ポーションやエリクサーの製造方法が失伝したのも、この暴君と化した魔王が君臨していた暗黒時代の頃だったそうだ。

そんな彼に対し、人間・ドワーフ・エルフなどの様々な種族が集まった反乱軍が結成される。

だが、強大な魔力を持ち、モンスターを従える彼を打ち倒すことはできなかった。

そこで魔王討伐のため、生き残っていた豪族のリッツハイム家が再び召喚儀式を敢行し、異世界から新たに勇者が召喚されたというわけである。

ここで召喚された勇者こそが――黒髪黒目を持った、おれと同郷の日本人であった。

ここで新たな召喚儀式を行い、異世界人を呼び出すことは愚行だとしか思えない。

だが、どれだけ討伐軍を編成しても、魔王を守るモンスターの軍勢には敵わなかったそうだ。それだけ魔王が召喚の際に授かった能力が強力だったのである。

もはや異世界から訪れた魔王を倒すのは、同じ世界の者しかできないと当時の人々は考えたらしい。

しかし、魔王を倒すために召喚された勇者は――魔王の身に起きたことを知り、彼を殺すことは止めた。そして、代わりに魔王に封印を課したのである。

「――彼の境遇には同情するべき点がある。しかし、彼がこの世界で行ったことによって、数多《あまた》の罪なきものが命を奪われたのも事実だ。だから、同じ世界の人間の債務として、僕は彼を止めはするが、殺しはしない。僕がこの世界に召喚された時に授かった能力は、相手を強制的に状態異常にする力だ。この力によって、魔王には三百年の永い眠りについてもらおう。これだけの月日もあれば、魔王の力も衰えるだろう。三百年後……魔王が眠りから目覚めた時に再びこの国を襲うか、それとも対話の道を見つけるのかは、この国の人たちに委《ゆだ》ねたい」

その永き眠りが、魔王の憎悪と心の傷を癒《いや》し、強大な能力をコントロールする術《すべ》を身に着けることを勇者は願ったのだった。

かくして、魔王と勇者の戦いの末、魔王は封印されることになり――その三百年後にあたる今、魔王が永き眠りから目を覚ました、というわけである。

「――と、まぁ、これがおれの知っている、魔王召喚にまつわるリッツハイム魔導王国の建国時の出来事だ」

◆

「…………」

「…………」

おれの話を聞き終わったガゼルとフェリクスは、盛大に顔を顰《しか》めた。

しばしの沈黙の後、ガゼルは大きなため息をつき、おれをじろりと睨んだ。金瞳に鋭く見据えられて心臓がどきんと跳ねる。

「タクミ……お前、もう俺たちに隠してることはねェだろうな？」

「……ないと言ったら嘘になるな」

おれの返答に、ガゼルは再び大きなため息をついた。

その隣でフェリクスが苦笑いを浮かべる。

「しかし、そう言われれば確かに、タクミからリッツハイムの召喚儀式について尋ねられたことがありましたね。リッツハイムの国民ではない貴方が、どうして召喚儀式を気にかけるのかと不思議に思っていたのですが……なるほど」

「そういえば、前にメヌエヌ市で『本来はこの国に自分以外の人間が来るはずだった』って言ってたな。あれはつまり、本来はタクミじゃなくて、別の人間が召喚されてくるはずだったってことか」

「ああ。おれは本来——この世界に来るはずのなかった人間だ。ただ、元の世界にいた時に、この世界の存在やリッツハイムの歴史、そしてこれから起こる未来の出来事を知識として得ていた」

おれの言葉に、ガゼルとフェリクスがなるほどと頷く。

二人共、今までの出来事の中で、おれの行動や言動から思い当たる節があったようだ。

そんな二人の反応を眺めながら、おれはこれまでのことを思い返した。

「……どうして自分がこの世界に来たのかは分からない。ある日気が付いたら、いつの間にかあの海賊船に乗っていた」

「…………」

「…………」

「それからは……まぁ、ガゼルとフェリクスの知る通りだな」

——当初、おれは自分が異世界から来た人間だということを、誰にも打ち明けるつもりはなかった。

そんな荒唐無稽《こうとうむけい》な話、誰も信じてくれないだろうと思っていたからだ。

だが、この間の魔王との戦いの際に、異世界から召喚されてきた人間だということを二人にぶちまけてしまったのである。

もはや隠すことはできなかった。それに……今なら、ガゼルとフェリクスはおれの話を信じてくれるだろうという信頼もあった。

だから二人には、おれが異世界から来たこと、そしてその世界でこのリッツハイムに起きる出来事を事前に知っていたことを説明したのだった。

「けれど……タクミは本当に誰かに召喚されてきたわけじゃないのか？」

「ああ。あの海賊船の中にだって、召喚儀式の痕なんかなかっただろう？」

「でももしかすると、タクミを召喚した誰かが、召喚直後に貴方を眠らせて、そのまま海賊船へ乗せたという可能性もあるかもしれませんよ」

「んん……？　そう言われると、その可能性も……いや、やはりないな」

「おや、それはどうしてでしょう？」

「召喚儀式で召喚された人間は、特別な力を授かるんだ。おれにはそういう能力がない。それに……」

「それに？」

「それに、おれはリッツハイムの人を信じてるからな。過去の出来事を悔い、召喚儀式を秘匿《ひとく》のものとし、死蔵した。リッツハイムの人々の手によって召喚儀式が実行されることはないと信じている」

「タクミ……」

フェリクスがまぶしいものを見るように紫水晶の目を細める。

ガゼルは手を伸ばして、おれの頭をぐしゃぐしゃとかき回した。

……そんな二人に囲まれながら、おれはたとえようのない幸福感と同時に、一抹《いちまつ》の寂しさを感じていた。

出会ってからの時間は短く、そして、あまり話はできなかったけれど——魔王も、ガゼルとフェリクスが時折見せるような優しい眼差しを、たびたびおれに向けてくれていた。

濃紅の色をした瞳に見下ろされることは、もう二度とないのだと思うと、鼻の奥がつんとする。

「——タクミさん、ガゼル様、フェリクス様っ！　お待たせしてしまってすみません、ようやくお茶が入りました」

涙が込み上げそうになったおれの耳に、明るく華やいだ声が響いた。

王都の城下町にある香水屋『イングリッド・パフューム』に在籍するアルケミスト——メガネっ子店員さんが、お茶を持ってきてくれたのだ。

……あの、魔王との邂逅《かいこう》から、もう二週間が経過したとはまだ信じられない。まだ昨日の出来事のような気さえする。

こうして王都に戻って、再び三人でこの馴染《なじ》みの香水屋に来ることができたなんて、まるで夢みたいだ。

二人共おれと同じ心地なのか、あの事件の直後にもおれが異世界人であることは説明したにもかかわらず、こうして日を置いてちょくちょくと同じ系統の質問をされる。今も、メガネっ子店員さんがお茶を淹れて戻ってくるまでの空き時間に、おれの知るリッツハイムの建国時の出来事について尋ねられていたところだ。

……二人がおれをいっぺんに質問攻めにしないのは、きっと、おれに気を使ってくれているんだろう。

おれとしても二人の心遣いがありがたく、そして甘えさせてもらっていた。まだ自分の心が整理できていなかったからだ。

魔王という存在は喪《うしな》われた。もう、このリッツハイムに迫っていた危機は完全に取り払われたのだ。

それは喜ぶべきことであったが、引き換えに喪《うしな》われたものを呑み込むには、おれにはまだ時間が必要だった。

「今日はミントティーです、お口に合うといいのですが……あっ、お砂糖が必要でしたらこちらをお使いください！」

店の椅子を借りて座るおれたちの前に、メガネっ子店員さんがそれぞれティーカップを置いていく。

それに加えて砂糖壺を添えようとしたところで——メガネっ子店員さんの隣にいた少年が、彼女にやんわりと声をかけた。

「義姉さん。お言葉ですが、それは砂糖壺ではなくて石灰の壺ではないでしょうか？」

「えっ？　……あ、あれっ⁉　本当だ⁉　も、もう、マルスくん早く言ってよ～！」

「もしかしてリッツハイムでは石灰を紅茶に加える文化があるのかと思って口を挟まずにいました。

そうではなかったのですね」

「ううっ……ご、ごめんなさいっ、今すぐ砂糖をお持ちしますね！」

恥ずかしそうに顔を赤らめながら、メガネっ子店員さんはぱたぱたとカウンターの向こうへと駆けていった。

うん、相変わらず元気な人だなぁ。彼女を見ていると、おれも元気が湧いてくるようだ。

感心しながらメガネっ子店員さんの背中をぼけーっと眺めていると、その視線をぬっと横合いから出てきた人影に遮られた――マルスくんだ。

「どうかしたか、マルスくん？」

「いえ、すみません。タクミさんを見ると、なんだか、懐かしい気持ちになるんです」

「……そうか」

「お気に障りましたか？」

「いや、そんなことはない。おれもマルスくんが元気でいるのを見るのが、嬉しいよ」

おれがそう言うと、マルスくんは一瞬だけきょとんとした後、その濃紅色の目を細めてくすぐったそうにはにかんだ。

彼が笑うと、その緑の髪が玉虫の羽のようにきらりと不思議な色合いに反射をする。その髪の合間から覗くちょこんとした小さな角は、丸みを帯びていてとても可愛らしい。

「ありがとうございます、タクミさん」

屈託《くったく》のない笑みだった。

かつて見た、他人を嘲《あざけ》るような笑みでも、自分を卑下するような自嘲でもない——純粋な笑顔だった。

その笑顔を目にしたおれは、抱えていた肩の重荷をようやく下ろせた心地になった。

——さて。この少年、マルスくんは二週間前に、ある農村で黒翼騎士団が保護した少年である。

彼の周囲には保護者らしき人物は見当たらず、また、彼が見つかった農村でも彼のことを知る者はいなかった。

そのため彼は黒翼騎士団によって孤児として保護され、王都に共に帰還。その後、団長であるガゼルの伝手《つて》によってこの香水屋、『イングリッド・パフューム』の店主であるイングリッドさんに預かってもらっている。

本来は一時的に預かる予定だったのだが、イングリッドさんがマルスくんのことを「筋がいい」ととても気に入り、また、実孫であるメガネっ子店員さんとの仲も良好なことから、このままいけば正式に養子縁組を交わすかもしれないとのことだ。

先ほど、マルスくんはメガネっ子店員さんのことを「義姉さん」と呼んでいたし、近い未来、本当にそうなるかもしれない。

そうなったら、どんなにいいかと思う。

「マ、マルスくーーん!?　さ、砂糖壺ってどこにあるかなぁ？」

「あ、すみません、タクミさん。義姉さんが呼んでますので、行ってきますね」

「ああ、助けてあげてくれ」

メガネっ子店員さんの声のするほうへぱたぱたと駆けていくマルスくんを、微笑ましく見送る。

するると、隣の椅子に座っていたフェリクスがそっとおれに顔を寄せてきた。そして、小さな声で耳打ちをする。

「やはり、彼の記憶はいまだ戻っていないようですね」

その言葉がガゼルにも聞こえたのだろう。ガゼルはじっとマルスくんの消えたカウンターの向こうを眺めながら、腕組みをして難しい顔で頷いた。

「ああ、そうだな。できればこのままでいてほしいもんだが……まぁ、思い出しちまったら、その時はその時だな」

「……そうだな」

……そう。先ほどの少年、マルスくんは――かつてこのリッツハイムに国難をもたらし、そして先日の農村にておれにその魔力の大部分を明け渡した魔王、その人である。

あの時――魔王の身体からはどくどくと血が流れ続け、もはや彼の死は避けられそうになかった。

彼の手を握り、もはや泣くことしかできないおれだったが、ふと、傍にあるおれの呪刀が淡い光を放ち始めたことに気が付いた。

不思議に思い刀を手に取ると、瞬間、刀から溢れる光はみるみる内に強くなった。

『っ、なんだ……!?』

刀から溢れる光は魔王の身体を包み込む。その光景におれのみならず、傍らのガゼルとフェリクスも驚き、目を見開いていた。

その時に、おれはふと、優しい声を聞いたような気がした。

あれはもしかして……話に聞く、勇者と呼ばれた青年の声だったのだろうか。それは途切れ途切れの声だったが、おれに対して感謝を伝えているのは分かった。

そして――その光と声が収まった時には、地面に倒れ伏していた魔王の身体の傷が、すっかり癒《い》えていたのである。

『……は？』

すうすうとすこやかな寝息さえ立てている魔王。

だが、そこにいたのは先ほどまでの長身痩躯《そうく》の彼ではなかった。十二歳くらいの、なんだかランドセルとかしょってそうな感じの、利発そうな少年だったのである。

『………は!?』

『な、なんと。これはどうしたことでしょうか……』

『おいおい……いったいどういうことだ？』

その後は、おれとガゼルとフェリクスで慌てて少年を確保。

宿屋に連れていき、彼が目を覚ましたところで恐る恐る会話をしてみたのだが……なんと、彼は今までの記憶をすべて失っていた。

それからは、ガゼルとフェリクスの手配によって彼をリッツハイム市に連れ帰り――今に至るというわけだ。

「………」

「ん、どうしたタクミ？」

おれの視線に気付いたらしいガゼルが、不思議そうに首を傾げる。

「いや……ガゼルとフェリクスには本当に感謝しきれないと思ったんだ。おれ一人じゃあ、マルスくんをどうしたらいいか分からなかった。それに……二人の立場だと彼をその……討伐するのが筋だ。今は記憶を失ったとはいえ、彼は二人を殺そうともしたし。だから、その……」

言葉をはっきりと口にするのが躊躇《ためら》われて、おれはもごもごと口ごもる。

「ああ。どうして俺とフェリクスが、彼を殺さなかったってことか？」

「……ひらたく言えばそうだな」

おずおずと首肯するおれに、ガゼルはふっと憂いを帯びた表情を浮かべた。フェリクスも同様の顔を見せている。

「……あいつとお前から、いきさつを聞かされた後じゃあな。今のリッツハイムの繁栄も、つまりあの男がいなけりゃ成り立ってなかったってことなんだ。しかもそのことをリッツハイムは歴史の闇に葬《ほうむ》っちまった。それを考えると、さすがの俺もそこまで冷酷にはなれねェしな。それに……」

「それに？」

「それに、あいつを殺すとタクミが泣くだろう？」

うん、大泣きするな。

ガゼルの言葉にこくりと頷くと、二人は苦く笑った。

「なら仕方ねェだろ。なぁ、フェリクス？」

「ええ、そうですね。タクミに泣かれるのはまいります。それになにより……彼が今はもはや、一般人を少し上回る程度の魔力しか持っていないこともありますしね。彼が記憶を思い出したとしても、かつてのように無数のモンスターを生み出し、使役することはかないません。彼の持っていた魔力はほとんどがタクミに受け渡されましたから」

「うーん。おれはあまり実感がないんだが」

フェリクスの言う通り、魔王が持っていた魔力のほとんどがおれに譲られた。

そのおかげなのか、各地で上がっていたモンスターの被害報告はここ最近、数を減らしている。

おかげさまで黒翼騎士団も最近は討伐任務が減ったので、こうして三人でマルスの経過観察がてら、『イングリッド・パフューム』に顔を出したというわけだ。

「この魔力を用いて召喚儀式を行えば、おれは元の世界に帰れると魔王は言っていたが……でも、そもそもその召喚儀式のやり方が分からないしな。せっかくなら、魔法とかいろいろ使ってみたいんだが、どうしたらいいものか……」

「…………」

「…………」

「ガゼル、フェリクス？」

なんだか二人が視線を交わしながら黙り込んでしまったので、おれは小首を傾げて二人を見つめる。

「ああ、悪い悪い。ちょっと考え事をしてた」

「ガゼルが考え事？　珍しいな」

「おい、そりゃどういう意味だ」

あっ、いや、悪い意味じゃなくてですね⁉

ガゼルって結構自分の考えてることを口に出しながら考えるタイプだから、珍しいなって意味で……わっ、ちょっ、ほっぺた弄《いじ》るのやめてー！

「はは、やわらけー」

「んっ……ぷはっ！　ちょ、ガゼルっ……！」

「タクミ、私も触っていいですか？」

「フェリクスまで⁉」

だが、羨ましそうにしているフェリクスの頭に、垂れたゴールデンレトリバーの犬耳を幻視してしまい、おれは結局自分の頬をフェリクスに明け渡すはめになった。

「ん……フェリクス、これ楽しいか……？」

「はい、とても」

そ、そう。

そんなにキラキラした笑顔で言われたら、おれはもうなにも言えないよ……

「──す、すみません！　ようやくお砂糖が見つかりましたっ」

「今度は確かに砂糖です。自分も確認しましたので、どうかご安心ください」

そんな風にしてガゼルとフェリクスとじゃれていると、ようやくメガネっ子店員さんとマルスくんが戻ってきた。

にこにこと愛らしい笑みを浮かべるメガネっ子店員さんと、その傍らにきりりとした顔で並んでいるマルスくんは、髪の色も肌の色も違って、まるで似てない。

けれど、二人が並んでいる光景は、とてもしっくりくるものだった。まるで何年も前から義姉弟だったかのように二人はぴったりと似つかわしかった。

その光景に、自然と頬が緩んでいく。

かつての彼が辿ったリッツハイムでの軌跡は——きっと、あまりにも苦難が多すぎた。

リッツハイムの人々が過去に対して彼に行ったことは、決してなかったことにはできないし、逆に、彼の行動だって決してなかったことにはならない。

それでも、彼には今度こそ幸せになってほしいと思うのだ。今度は暗殺や策謀とは無縁の場所で、静かに平穏な日常を享受してほしい。

そして願わくば、どうかこの国を、この国に住んでいる人々を愛し、愛されてほしい。

『救世主』でも『魔王』でもなく——たった一人のマルスという青年として、今度こそ、そうあってほしいと思うのだ。

SIDE　黒翼騎士団団長ガゼル

「――そうそう！　砂糖壺と一緒にお茶菓子も持ってきたんですよ。マルスくんがこの前おつかいに行ってくれて、焼き菓子を買ってきてくれたのがすごく美味しかったから。ぜひ、タクミさんにも食べてほしいなって思ってたんです」

「本当か？　嬉しいな」

「タクミさんは甘いものがお好きなのですか？　なら、常備しておきますね」

アルケミストの少女と、マルスという少年と共に菓子を頬張りながら、穏やかな笑みを浮かべているタクミ。

少し離れたところからその横顔を眺めていると、フェリクスが俺にそっと身を寄せてきた。そして、先ほどよりもずっと小さな声で尋ねてくる。

「……ガゼル団長。マルス少年のことは本当に報告しなくてよろしいのですね？」

「ああ。そもそも魔王復活の話を信じてる奴がどれだけいる？　そこに俺らが『魔王が子供になりました、もはや脅威ではありません』って報告してみろ。あしらわれるどころか、かかなくてもいい恥をかいて終わるだけだ」

「分かりました。では、彼の監視は今後も続ける方向で？」

「それで頼む。イングリッド殿も定期的に報告をくれると約束してくれたが、念のためな」

俺の言葉にフェリクスが頷いた。

そして、ふっと俺から離れると、俺が先ほどまで見つめていたのと同じ人物を見つめる。同年代の少女と楽しそうに語り合う黒髪黒目の青年を。

「……まさかタクミが、別の世界から来た人だったとは。道理で、いろいろと合点《がてん》がいきました」

「ああ、まったくだな。ったく、あいつは本当に俺たちをびっくりさせるような隠し事が多いぜ」

「……ガゼル団長。念のために聞いておきたいのですが」

「ん？」

フェリクスの紫水晶色の瞳が、じっと俺を見据えた。

この目は前にも見たことがある。あの日、こいつの目の前でタクミに触れる様を見せつけた時も、こいつはこんな苛烈な瞳で俺を見た。

「――よもやと思いますが。まさか、タクミをこのまま元の世界に帰すおつもりではありませんよね？」

俺はフェリクスに対して、にやりと笑った。

「まさか。そんなこと、あるわけがないだろ？」

フェリクスが安心したように肩の力を抜いた。

「そうですか、よかった。それを聞いて安心しました。……失礼をお許しください。ガゼル団長と争うことになるのかと、つい身構えてしまいました」

「そりゃひでぇな。俺はお前が、元から俺と同じ考えだって信じてたぜ？」

「それは嬉しいですね。では、信頼に応えられるように最善を尽くしましょう」

そして、にっこりと輝く微笑みを向けてくる。

……こいつ、けっこうイイ性格してるよなァ。この端整な顔立ちに騙されるのか、あまり気付いている奴はいねェみてェだが。

まぁ、だから俺はフェリクスのことが気に入ってるんだけどな。ただのいい子ちゃんには黒翼騎士団の副団長なんか任せられねェし……あいつを絶対に元の世界には帰さない、なんていう腹黒い相談はできやしねェ。

「——ガゼル、フェリクス」

すると、アルケミストの嬢ちゃんとマルス少年と話していたタクミがこちらに戻ってきた。

その手には先ほどの菓子が握られている。

「マルスくんがお菓子を準備してくれるっていうから……って、二人共どうしたんだ？」

「ん？　なにがだ？」

「私たちがどうかしましたか？」

「二人共、なんだかすごく楽しそうな顔してるぞ。なんの話をしてたんだ？」

不思議そうな顔をしているタクミ。

俺たちがどんな話をしていたのか……こいつがその内容を知ったらどうするだろうか？　俺たちを軽蔑するだろうか。

けれども、憎まれることになってもかまいやしなかった。

もう俺たちがタクミを手放すことなど、できはしないのだから。

俺は椅子から立ち上がると、タクミのやわらかな毛先を堪能するように、ゆっくりとその頭を撫でた。

「なに、とびっきりいい話だよ」

半魔の竜騎士は、
辺境伯に執着される
アルファポリス
第7回
BL小説大賞
特別賞
受賞!
半魔の竜騎士は、
辺境伯に執着される
どこまでも追いかけてくる
至高の執愛。
矢城慧兎
illust. 央川みはら
ドラゴンの言葉を理解できるという異能を持ち、田舎街の騎士団に勤めるカイル・トゥーリは、ある日、昔の恋人、アルフレートと再会する。カイルは三年前に別れてから、彼を忘れた日はない。だが、かつて直属の上司だったアルフレートは今や辺境伯で、自分は平民の、ただの一介の騎士。——それに、カイルは、彼を裏切ったのだ。自分にはアルフレートの傍にいる資格などないと、カイルは彼と距離を置こうとする。けれど、アルフレートはそれを許してくれなくて——
ノベル、BL
書籍化!
◆定価：本体1200円+税　◆ISBN:9778-4-434-28384-0

◆定価:本体1300円+税 ◆ISBN:978-4-434-28234-

フリーの傭兵として働く37歳の雄一郎はゲリラ戦中、手榴弾の爆撃に吹き飛ばされ意識を失い、気が付くと、見知らぬ世界にいた。その世界では現在、王位を争って王子達が内乱を起こしているという。どうやら雄一郎は、【正しき王】である少年を助け国を救うために【女神】として呼び出されたようだ。おっさんである自分が女神!?　その上、元の世界に帰るためには、王の子供を産まなくてはならないって!?　うんざりする雄一郎だったが、金銭を対価に異世界の戦争に加わることになり——

◆定価：本体1200円＋税　◆ISBN:978-4-434-27875-4

この作品に対する皆様のご意見・ご感想をお待ちしております。
おハガキ・お手紙は以下の宛先にお送りください。

【宛先】
〒150-6008 東京都渋谷区恵比寿 4-20-3 恵比寿ｶﾞｰﾃﾞﾝﾌﾟﾚｲｽﾀﾜｰ 8F
（株）アルファポリス　書籍感想係

メールフォームでのご意見・ご感想は右のＱＲコードから、
あるいは以下のワードで検索をかけてください。

アルファポリス　書籍の感想　検索

ご感想はこちらから

本書は、「アルファポリス」（https://www.alphapolis.co.jp/）に掲載されていたものを、
改稿、加筆のうえ、書籍化したものです。

異世界《いせかい》でのおれへの評価《ひょうか》がおかしいんだが
極上《ごくじょう》の恋《こい》を知《し》りました

秋山龍央（あきやまたつし）

2021年 2月 28日初版発行

編集－古内沙知・宮田可南子
編集長－塙綾子
発行者－梶本雄介
発行所－株式会社アルファポリス
〒150-6008 東京都渋谷区恵比寿4-20-3 恵比寿ｶﾞｰﾃﾞﾝﾌﾟﾚｲｽﾀﾜｰ8F
TEL 03-6277-1601（営業） 03-6277-1602（編集）
URL https://www.alphapolis.co.jp/
発売元－株式会社星雲社（共同出版社・流通責任出版社）
〒112-0005 東京都文京区水道1-3-30
TEL 03-3868-3275
装丁・本文イラスト－高山しのぶ
装丁デザイン－AFTERGLOW
印刷－中央精版印刷株式会社

価格はカバーに表示されてあります。
落丁乱丁の場合はアルファポリスまでご連絡ください。
送料は小社負担でお取り替えします。

ISBN978-4-434-28517-2 C0093